枕上诗书

一本书读懂唯美情笺

徐若央 —— 著

台海出版社

图书在版编目（CIP）数据

枕上诗书：一本书读懂唯美情笺 / 徐若央著 . --
北京：台海出版社，2023.4
　　ISBN 978-7-5168-3505-0

Ⅰ．①枕… Ⅱ．①徐… Ⅲ．①书信集 – 文学欣赏 – 中国 – 古代 Ⅳ．① I207.62

中国国家版本馆 CIP 数据核字（2023）第 034617 号

枕上诗书：一本书读懂唯美情笺

著　　者：徐若央	
出 版 人：蔡　旭	封面设计：末末美书
责任编辑：曹任云	

出版发行：台海出版社
地　　址：北京市东城区景山东街 20 号　　邮政编码：100009
电　　话：010-64041652（发行，邮购）
传　　真：010-84045799（总编室）
网　　址：www.taimeng.org.cn/thcbs/default.htm
E – mail：thcbs@126.com

经　　销：全国各地新华书店
印　　刷：三河市金泰源印务有限公司
本书如有破损、缺页、装订错误，请与本社联系调换

开　本：880 毫米 ×1230 毫米　　1/32
字　数：171 千字　　　　　　　　印　张：8.25
版　次：2023 年 4 月第 1 版　　　 印　次：2023 年 4 月第 1 次印刷
书　号：ISBN 978-7-5168-3505-0

定　价：45.00 元

版权所有　　翻印必究

览尽人间风月,谁又不是春闺梦里人?
读遍香笺尺素,岂能不懂缱绻相思情?

——最美的诗送给最爱的人

序言

云中信

爱情,该是什么样子?

是执子之手?是念念不忘?是藕断丝连?是相忘江湖?这本书,或许有你想要的答案。

情书,是恋人之间用来倾诉爱意的一种书面文字表达形式。古时候,男女在书信中回忆爱情的始末,生出了新欢旧愁。或是一往情深,或是始乱终弃,或是痛心疾首,或是哭诉挽留,更有甚者以命相殉。

写信之人,有文人墨客,有王孙贵族,有名门之后,有风尘之女,这些人或存在于史书中,或存在于传说中,或存在于戏文中。这些故事很短,却是他们的一生。

那样的爱情,今日大概是看不见了。

再无奋不顾身的白蛇,再无墙头马上的裴郎,再无生死相许的英台。这值得欢喜，也值得惋惜。

千百年来，人类对爱情有最美好的期许，也有最绝望的痛恨。

如今，爱情已不再是生命的必需品，我们有着更伟大的事业，以及更精彩的生活，为爱付出的同时，也不忘提升自己。那些流传了千年的故事，已离我们很远很远，但爱情的本质从未改变。我们都曾深爱过，都曾受过伤，重温故事时，也应对古人报以温柔，也应对爱人报以宽容。

我希望，念念不忘，必有回响。

我希望，见字如面，纸短情长。

我希望，你能遇见一位良人，值得你等待、珍惜，若你已经遇见了，那便祝你一世不离。

这本书，写给长情的你。

因为，有你，便有风华。

目 录

诗词篇

闻君有两意——汉代·卓文君《怨郎诗》..................002

君有行，妾念之——汉代·苏伯玉妻《盘中诗》..................009

唯有相思无尽处——南北朝·刘令娴《答外诗二首·其一》..................015

众里寻他千百度——南北朝·徐德言《破镜诗》..................021

早知如此绊人心——唐代·李白《秋浦寄内》..................027

至亲至疏夫妻——唐代·李冶《结素鱼贻友人》..................033

昔日青青今在否——唐代·韩翃《章台柳·寄柳氏》..................039

最是人间清醒客——唐代·元稹《寄赠薛涛》..................045

豆蔻十三余——唐代·杜牧《张好好诗》..................051

君问归期未有期——唐代·李商隐《夜雨寄北》..................058

入骨相思知不知——唐代·鱼玄机《江陵愁望寄子安》..................065

可叹云英未嫁——唐代·罗隐《赠妓云英》..................072

往来曾见几心知——宋代·李禺《两相思》..................077

正是相思不敢言——宋代·黄庭坚《蓦山溪·赠衡阳妓陈湘》..................080

此身已轻许——宋代·戴复古妻《祝英台近》..................085

从今后，断魂守——宋代·徐君宝妻《满庭芳》..................091

醉眼看山百自由——元代·管道昇《我侬词》..................097

月下谁人不相思——元代·佚名《塞鸿秋》..................104

书信篇

新人复何如——汉代·窦玄妻《与夫窦玄别书》..................108
不信有白头——晋·王献之《奉对帖》..................114
春花秋月总成空——南北朝·谢氏《贻王肃书》..................120
年少春闺梦——唐代·崔莺莺《答张生书》..................127
陌上花开缓缓归——五代·钱镠《陌上花开》..................134
今生缘分料应难——元代·吴氏《与郑禧书》..................140
毕志以偕老——元代·赵鸾鸾《与柳颖书》..................147
与君归去离恨天——明代·郑氏《寄狱中书》..................153
寂寞空庭春欲晚——明代·徐妙锦《答永乐帝书》..................159
从此萧郎是路人——明代·刘秀华《答任芝卿书》..................166
旧愁新恨几重重——明代·刘翠翠《答金静安书》..................173
寸心不忘深恩——明代·柳儿《遗文郎永别书》..................181
朔风如解意——明代·戚继光妾《上戚大将军继光书》..................187
多情未了身先死——明代·马守真《致王百谷书》..................191
歌尽桃花扇底风——明代·李香君《在南都后宫私寄侯公子书》...198
愿他少识相思路——明代·柳如是《寄钱牧斋书》..................205
回首处，皆惆怅——明代·顾眉《致龚芝麓书》..................212
与君如参商——清代·黄河清《再致陈圣玛家书》..................220
君能一度否——清代·云仙《致状元顾晴芬书》..................227
薄命烟花情何堪——清代·杨氏《与某书》..................233
曾照彩云归——清代·彩云《与凌郎》..................239
淡墨绘浮生——清代·董琬贞《寄汤贻汾书》..................243

诗词篇

闻君有两意

——汉代·卓文君《怨郎诗》

一朝别后,二地相悬。只说是三四月,又谁知五六年?

七弦琴无心弹,八行书无可传。九连环从中折断,十里长亭望眼欲穿。

百思想,千系念,万般无奈把郎怨。万语千言说不完,百无聊赖,十依栏杆。

重九登高看孤雁,八月仲秋月圆人不圆。七月半,秉烛烧香问苍天。

六月三伏天,人人摇扇我心寒。五月石榴红似火,偏遇阵阵冷雨浇花端。

四月枇杷未黄,我欲对镜心意乱。忽匆匆,三月桃花随水转。

飘零零,二月风筝线儿断。噫,郎呀郎,巴不得下一世,你为女来我做男。

长安城，熙攘长街，亭台楼阁，繁华迷人眼，几人沉醉？几人清醒？

那位公子身着锦衣，凭栏而望，仰观可见明月星辰，俯览可见万家灯火，良辰美景，春风得意，人生何其自在！

这时，窈窕佳人端着酒壶走来，笑盈盈地斟满美酒，递到他唇边，娇羞地道："大人，请饮酒。"

他细细品味着杯中美酒，感受着醇香与甘洌，酒入喉中，总能勾起万般思绪。月华之下，清风拂过，他揽着身旁的佳人，心中暗暗想着："也许，该纳个妾室了。"

以他今时今日的身份，纳一妾室，又有何妨？

蜀郡，卓文君收到了一封家书，信上只有几个数字：一二三四五六七八九十百千万。

一连串数字，唯独没有"亿"。无亿，便是无意，不念。

长安繁华，已让他断了相思。

听闻他凭借《子虚赋》，封官立业，名动京城。听闻他流连风月，乐不思归。听闻他早有纳妾之意……

有些人可以共苦，却不能同甘。

他们一同走过风风雨雨，再多的世俗流言，都未曾击垮过爱情，偏偏一个女子的出现，让他如此疯魔。

或许他已经厌倦了过去，也无当年的从容。

回首前尘过往，一切历历在目。

临邛县，一个安静的小城，卓家是当地的富商大户，那日，她的父亲卓王孙宴请贵客，席上之人非富即贵。唯有一人，衣衫朴素，独自饮酒。

初见之时，他是落魄文人，她是深闺新寡。她藏在屏风外，偷偷望着他，公子如玉，见之难忘。

她低声询问身旁的侍者："那是何人？"

侍者答道："那位公子是临邛县令的门客，名为司马相如。"

"司马相如，相如……"她反复念着他的名字，脸颊已染上淡淡的红晕。

既见君子，云胡不喜。

酒过三巡，有人邀司马相如抚琴，他起身，缓缓弹奏了一曲《凤求凰》："凤兮凤兮归故乡，遨游四海求其凰。时未遇兮无所将，何悟今兮升斯堂！有艳淑女在闺房，室迩人遐毒我肠。何缘交颈为鸳鸯，胡颉颃兮共翱翔！"

一曲《凤求凰》，定下了两个人的情缘。她是他思之如狂的凰，是他暗淡人生的光，他肆无忌惮地倾诉着爱意，他道："若是有缘，愿结为鸳鸯。"

于是，他们开始了一段"自由恋爱"，赠送信物，密林幽会，甚至订私终身。

只可惜，一个是守寡之身，一个是寒门士子，如何嫁？如何娶？更何况，卓家家财万贯，父亲卓王孙又怎能允许她改嫁潦倒书生？她太了解父亲，也太了解世俗，他们的爱情注定不被世俗所接纳。

爱让人疯狂，她也彻彻底底地疯了一次。那夜，她主动提出了一个惊世骇俗的想法——私奔。她想抛下荣华富贵，只与他比翼双飞，天涯海角，生死不离。

那是令人难忘的夜晚，晚风不似从前轻柔，呼啸而过，仿佛在冲破什么，她知道，那是世俗的牢笼。

他们乘舟而去，她立于舟上，感受着从未有过的自由。可是，她并不知前方是什么。是花开？还是泥泞？

终于，她来到他的家。一座土阶茅屋，不蔽风雨，这是他们的新婚之房。那一刻，她也后悔过吧！后悔没有问清他的家世，后悔没有计较他的出身……

太冲动了！不是吗？恋爱是梦境，生活是现实。如今，他们一贫如洗，她该如何操持这个贫寒的家？

寒屋之中，男人已经睡去，女子却还在思考，她要为自己谋得一条生路。

几个月之后，他们回到了临邛，开了一间酒铺，当垆卖酒。她不再是不食人间烟火的卓家千金，褪去了华服，只是一介贫民。她故意让世人看见自己的坚持与辛酸，刚开始，或遭世人嘲笑，日子久了，便有人心生怜悯。

她的故事被人添油加醋，传遍了临邛，也传到了卓家。终于有一日，卓王孙妥协了，他命人送来了奴仆、银两、衣物，算是承认了这桩姻缘。

司马相如也未曾辜负文君所期，远赴长安，功成名就。只是，那京城繁华令他眼花缭乱，他忘了归家，也不愿归家。

他爱上了另一个女子，那人年轻貌美，婀娜多姿。为了纳妾，他寄出数封家书，句句决绝。

这个时候，总要思索一个问题：爱过吗？

爱过。这是一个标准答案。爱过，爱已成往事，仅此而已。她不甘、心痛，并非因为他的薄情，而是如今这个结果，配不上她当初明知不可为而为之的决心。

那夜，卓文君不曾流泪，不曾叹息，她平静地写下这首《怨郎诗》："一朝别后，二地相悬。只说是三四月，又谁知五六年？七弦琴无心弹，八行书无可传。九连环从中折断，十里长亭望眼欲穿。百思想，千系念，万般无奈把郎怨。万语千言说不完，百无聊赖，十依栏杆。重九登高看孤雁，八月仲秋月圆人不圆。七月半，秉烛烧香问苍天。六月三伏天，人人摇扇我心寒。五月石榴红似火，偏遇阵阵冷雨浇花端。四月枇杷未黄，我欲对镜心意乱。忽匆匆，三月桃花随水转。飘零零，二月风筝线儿断。噫，郎呀郎，巴不得下一世，你为女来我做男。"

一别以后，分隔两地，各有心思。当年，你说三四个月后便相见，谁知已过了五六年。那张七弦琴，我也无心再弹，这纸八行家书，更不愿相传。连环玉，从中折断，犹如我们破碎的情感。

我站在长亭之中，望眼欲穿，却望不见你的容颜。对你，百般想，千般念，无可奈何怨情浅。万语千言说不尽，你若不在，我百无聊赖，只能倚着栏杆，叹了又叹。

重阳时节，登高望孤雁，中秋时节，月圆人不圆。七月半，秉烛烧香，问苍天，苍天不言。六月三伏天，人人摇着团扇，我的心却是那么冷、那么寒。五月石榴红似火，偏遇阵阵冷雨浇花端。四月枇杷未成熟，我独对铜镜，心烦意乱。

时光匆匆，三月桃花凋落，随水流转。谁道飘零不可怜？只望见二月的风筝断了线，越飞越远。

唉……郎君啊！这一世情深缘浅，下一世，你为女来我为男，便不必这般苦苦留恋。

她知破镜难以重圆，便也没有挽留之意。既是不爱，也不必再念。

她又附上《诀别书》："春华竞芳，五色凌素，琴尚在御，而新声代故！锦水有鸳，汉宫有木，彼物而新，嗟世之人兮，瞀于淫而不悟！朱弦断，明镜缺，朝露晞，芳时歇，白头吟，伤离别，努力加餐勿念妾，锦水汤汤，与君长诀！"

所谓诀别，有旧日的痴情，有今朝的愁怨。只愿各自安好，长诀，勿念。

长安，司马相如读过信后，怅然若失，不知为何，总觉得失去了什么。那个与他相约白头的女子，竟这般干脆地放手了，是失望？还是绝望？

这封满纸决绝的信，唤醒了他的理智，他想起昔日旧情，羞愧不已。

他怎能负她？长安的星辰固然灿烂，但他永远忠于家乡的明月。

此后，他不再提起纳妾之事。

这世间，最是人心易变，真心难留，若留得住，自然欢喜，若留不住，也不必执念。

君有行,妾念之

——汉代·苏伯玉妻《盘中诗》

山树高,鸟啼悲。泉水深,鲤鱼肥。空仓雀,常苦饥。吏人妇,会夫稀。出门望,见白衣。谓当是,而更非。还入门,中心悲。北上堂,西入阶。急机绞,杼声催。长叹息,当语谁。君有行,妾念之。出有日,还无期。结巾带,长相思。君忘妾,未知之。妾忘君,罪当治。妾有行,宜知之。黄者金,白者玉。高者山,下者谷。姓者苏,字伯玉。人才多,智谋足。家居长安身在蜀,何惜马蹄归不数?羊肉千斤酒百斛,令君马肥麦与粟。

今时人,智不足。与其书,不能读。当从中央周四角。

有些话,只能说给一个人听。
有些情,只能留给一个人念。

春风几度回廊，郎君还在远方，不思量，也难忘，那道清影又添了许多伤。

女子独自漫步庭院，数着遍地落花，消磨着无聊的春光。

"一片，两片，三片……片片落花留不住，回首已是春尽时。"她忽然长叹一口气，望着蜀郡的方向，低声道，"夫君，你为何还不归乡？"

如何倾诉相思？她很想写一封信，铺好了纸，提起了笔，却不知该写下怎样的文字。

她细细想着：这封信将跨越山川河流，送往细雨连绵的蜀郡。这一路，或有风霜，或有雨雪，若风吹落了信笺，若雨打湿了字迹，又怎能将思念遥遥相传？

思来想去，总觉得不安。这时，她瞧见盛着点心的玉盘，顿时生出一个想法："何不以盘为纸，作诗于盘中？"

于是，她拿起笔，在盘中写下了一百六十七个字，四十九句话，将心事缓缓写于玉盘上。

蜀郡，细雨连绵，夹杂着夏日的暑热，令人越发昏沉。苏伯玉望着案几上堆积的公文，双眼透着一丝疲倦。很累，却不敢歇。

门外，传来侍者的叩门声。

"何事？"他低声问。

侍者道："夫人差信使送来一物。"

苏伯玉听到"夫人"二字，立即起身开门，只见侍者抱着一个锦盒，是过冬的寒衣？还是驱虫的香囊？

他轻轻地打开锦盒,看见玉盘之时,颇为诧异:"盘中诗!"

侍者疑惑地盯着玉盘,盘上的文字密密麻麻,排列有序,明明全是认识的字,却怎么读也不成文。

侍者一头雾水:"这也是诗?"

苏伯玉默默地摩挲着玉盘,指尖划过那些文字,含笑道:"这是诗。"

这是只有夫妻二人才能看懂的情诗。

此诗应从中央起句,回环盘旋而至四角,故称"盘中诗"。诗曰:"山树高,鸟啼悲。泉水深,鲤鱼肥。空仓雀,常苦饥。吏人妇,会夫稀。出门望,见白衣。谓当是,而更非。还入门,中心悲。北上堂,西入阶。急机绞,杼声催。长叹息,当语谁。君有行,妾念之。出有日,还无期。结巾带,长相思。君忘妾,未知之。妾忘君,罪当治。妾有行,宜知之。黄者金,白者玉。高者山,下者谷。姓者苏,字伯玉。人才多,智谋足。家居长安身在蜀,何惜马蹄归不数?羊肉千斤酒百斛,令君马肥麦与粟。今时人,智不足。与其书,不能读。当从中央周四角。"

开篇以自然景物起兴。"山树高,鸟啼悲",山树太高,鸟儿不可栖息,故而悲啼。"泉水深,鲤鱼肥",泉水太深,渔人无法捕鱼,肥鲤难得。"空仓雀,常苦饥",粮仓太空,雀儿守着空仓,常年饥饿。理想之物过于美好,偏又不能得到,这本就是一种痛苦。

她何尝不是如此?她道:"吏人妇,会夫稀。"

夫君为吏，羡煞旁人，人们都言："有夫如此，便是圆满。"世人哪知吏人之妻的苦楚，夫君出仕蜀地，二人相聚甚少，虽有荣华富贵，却无爱人可依。

别离，既是无奈，也是痛苦。

自君别后，已不记得有多少春秋。年华老去，朝朝暮暮，她日复一日复地出门眺望，偶然间，遇见身着白衣之人，那背影像极了他的模样。

女子的心中泛起欢喜，是他吗？是他归来了吗？

她疾步追上去，走近之时，仔细看看，才知这人不是他，只得失望而归，心生伤悲。

回到房中，她心烦意乱地织着布匹，越织越乱，那唧唧的机杼声，似乎在提醒着女子，岁月缓缓流逝，催人老去。

女子凝视着未完的布匹，叹了又叹，这复杂的心事，应当说与何人听？

君远行，妾念之，走后久久无归期，空留长相思。她也曾患得患失，恐被人遗忘，忧被人抛弃，她道："君忘妾，未知之。妾忘君，罪当治。"

她在质问，也在表白。你是否已经忘记了我？忘记了故园的风声？若君忘记了妾，那便只有苍天知晓，若妾忘记了君，那便是当治之罪。

妾的一番真心，君当知之！"黄者金，白者玉。高者山，下者谷"，黄金未改颜色，白玉毫无瑕疵，高山屹立不倒，低谷风雨不移，恰如妾对君的爱，亘古不变。

君姓苏，字伯玉，才高八斗，足智多谋，家居长安，外任蜀地。这句话看似夸赞夫君，实则是提醒他，切勿沉迷名利，忘本负义。

长安与蜀郡相隔甚远，可若是有心，又何惧这遥遥千里？

为何如此怜惜马蹄？不肯让它奔走，归期便不可数。罢了，罢了，若郎君不归，只愿他在外有酒有肉，衣食无缺，也愿他的那匹良驹，有麦有粟，膘肥体壮。女子的心总是这般细腻，祝愿了夫君，也祝愿了骏马，却不曾祝愿自己。

怨而不怒，哀而不伤，责而不厉。信的最后，她担忧夫君读不懂此诗，又贴心地道："今时人，智不足。与其书，不能读。当从中央周四角。"

清代学者沈德潜在《古诗源》中评此诗："似歌谣，似乐府，杂乱成文，而用意忠厚，千秋绝调。"

那佳人等了那么久，那诗句写了那么长，读信之人是否又想起了旧日的长安？

昔日，她笑逐颜开，眉眼如山，总能在不经意间给他留下惊鸿一面。

自从他离开长安，再看不见那样的纯真笑颜。他行过山路，登过高阁，抚过玉栏，还是会想念长安。

终有一日，那人会骑着白马，回到故里长安。

数百年后，大唐诗人王昌龄写下《闺怨》："闺中少妇不知愁，春日凝妆上翠楼。忽见陌头杨柳色，悔教夫婿觅封侯。"

诗中的这位闺中女子未曾有过哀愁，一个明媚的春日，她精心梳妆之后登上翠楼，却在望见青青杨柳的一瞬间，忽生伤感，悲叹道："悔教夫婿觅封侯。"

她后悔了，后悔让夫君从军封侯。世间之事，有得便有所失，她期望夫婿建功立业，也意味着要失去团聚的时光。

愿她们所有的等待都值得。

人生路漫漫，一路前行，一路期许。

唯有相思无尽处

——南北朝·刘令娴《答外诗二首·其一》

花庭丽景斜,兰牖轻风度。落日更新妆,开帘对春树。
鸣鹂叶中舞,戏蝶花间骛。调琴本要欢,心愁不成趣。
良会诚非远,佳期今不遇。欲知幽怨多,春闺深且暮。

彭城,桃花流水,十里红妆。

正是人间佳期,郎君骑马而来,一路奏乐,一路欢喜,引得街头巷尾的百姓们竞相围观。今天是大司马从事中郎刘绘嫁女、贤相徐勉之子娶妻的日子,刘、徐两家是官宦贵胄,门当户对,羡煞多少男女。

百尺雕堂悬红帐,珠帘外,鸳鸯花烛,映着佳人的芙蓉面。

这位佳人便是刘令娴,窗外,那些摇曳的枝丫,恰似她紧张的心。她默默地想着:徐悱,她的夫君,究竟是怎样的男子？是何样貌？是何品行？

有人轻轻掀开帷帐，除却她遮面的团扇，映入她眼眸的是一位清秀的君子。只这一眼，竟好似相识万年。

他道："我读过娘子的诗文，'日落应门闭，愁思百端生'，写得极好。"

这是她写的《和婕妤怨诗》中的句子。

刘令娴诧异地望向他，突如其来的称赞，让她有些不知所措，过了好一会儿，她才低声道："我也读过郎君的《白马篇》。"

他笑道："如此，我们算是神交已久。"

尘世多纷扰，幸而，遇见的人是你。

那晚，月照同心结，彩鸾临风舞，琴瑟在御，莫不静好。

婚后，她又细细读了一遍《白马篇》，诗云："妍蹄饰镂鞍，飞鞚度河干。少年本上郡，遨游入露寒。剑琢荆山玉，弹把随珠丸。闻有边烽息，飞候至长安。然诺窃自许，捐躯谅不难。占兵出细柳，转战向楼兰。雄名盛李霍，壮气勇彭韩。能令石饮羽，复使发冲冠。要功非汗马，报效乃锋端。日没塞云起，风悲胡地寒。西征馘小月，北去脑乌丸。报归明天子，燕然石复刊。"

这篇诗文描写了一位投身疆场的少年，足见徐悱麒麟之才，建功之心。这样的男子，注定要一生远行，踏遍黄沙，涉过湍流，归来报天子，不负凌云志。

她知道，他终是要外出任职，这是历练，也是夙愿。所以,他走之时,她欢欢喜喜地相送,未露一丝伤感。

  阁中的红烛燃了一夜又一夜,她的思念添了一重又一重。异地夫妻,感情最是复杂,不知何时,便会胡思乱想,便会郁郁寡欢。诸事因爱而生,又因爱而忧,不知与何人言,只能望着明月,叹着红豆,盼望着,彼此心有灵犀,勿因时间而忘却,勿因两地而生隙。

  他先于异乡写下《赠内诗》:

  日暮想清阳,蹑履出椒房。网虫生锦荐,游尘掩玉床。
  不见可怜影,空余黼帐香。彼美情多乐,挟瑟坐高堂。
  岂忘离忧者,向隅心独伤。聊因一书札,以代九回肠。

  日落以后,他独自回到居室,四顾茫然,不见故人身影,只见玉床游尘,彼时欢情,此时独伤。只能写下一纸书札,以代相思愁肠。

  深闺中,她又何尝不思念郎君呢?

  那日,庭院景丽,清风徐徐,叶间有黄鹂鸣叫,花间有彩蝶翩飞,她本想调素琴,弹欢曲,怎奈心有忧愁,难成雅趣。佳期不遇,这惆怅比春闺深,比暮色沉,相思似春色,天南地北随君去。

  她写下《答外诗二首·其一》:

  花庭丽景斜,兰牖轻风度。落日更新妆,开帘对春树。

鸣鹂叶中舞，戏蝶花间鹜。调琴本要欢，心愁不成趣。
良会诚非远，佳期今不遇。欲知幽怨多，春闺深且暮。

她的诗文，从不问归期，只想单纯地告诉他，远方的她时时思念着，牵挂着，若是厌倦了朝堂风云，归来，亦有故人等候。

不过，异乡如此繁华，那乱花偶尔也会迷人眼。许久之后，她收到了郎君的另一首诗《对房前桃树咏佳期赠内》，诗云："相思上北阁，徙倚望东家。忽有当轩树，兼含映日花。方鲜类红粉，比素若铅华。更使增心忆，弥令想狭邪。无如一路阻，脉脉似云霞。严城不可越，言折代疏麻。"

诗中所咏的确是桃花，只是人面桃花，焉知桃花不是某位美人？他登上北阁，瞧见了枝上桃花，也遇见了窈窕佳人。

刘令娴读着信，又是气恼，又是欢喜，恼的是，花花世界，令他想入非非，喜的是，君心如故，不曾转移分毫。故而，她写下《答外诗二首·其二》："东家挺奇丽，南国擅容辉。夜月方神女，朝霞喻洛妃。还看镜中色，比艳似知非。摛词徒妙好，连类顿乖违。智夫虽已丽，倾城未敢希。"

月夜何其静谧，朝霞何其绚烂，女子的心思何其敏感！她故作生气地道："她是洛水神女，我哪里有她长得美？你且看她去吧！"

这般调侃一番，想必徐悱万万不敢再登北阁。东家的桃花再美，也不如故园的明月有情。

也许，已经不记得多久未曾相见，只记得，桃花落时，雨燕归来，她的郎君还在金戈铁马的梦里。

她等了很久，未曾想等来的却是永诀。

不幸往往突然而至，像是苍天的冷漠，像是命运的劫数，正当鸳鸯恩爱时，徐悱英年早逝。那满腔热血的少年，还未来得及衰老，便悄然离世。

刘令娴含泪写下祭文："惟君德爱礼智，才兼文雅，学比山成，辨同河泻。明经擢秀，光朝振野。调逸许中，声高洛下。含潘度陆，超终迈贾。二仪既肇，判合始分。简贤依德，乃隶夫君。外治徒奉，内佐无闻。幸移蓬性，颇习兰薰。式传琴瑟，相酬典坟。辅仁难验，神情易促。雹碎春红，霜雕夏绿。躬奉正衾，亲观启足。一见无期，百身何赎？呜呼哀哉！生死虽殊，情亲犹一。敢遵先好，手调姜橘。素俎空乾，奠觞徒溢。昔奉齐眉，异于今日。从军暂别，且思楼中；薄

游未反,尚比飞蓬;如当此诀,永痛无穷。百年何几?泉穴方同。"

她的笔下有至情至性的热爱,亦有至伤至苦的哀悼,她写下那么多诗文,却再也写不出郎君的风采。

公子,这千古诗篇,有人叹生死,祭英雄,有人记苦难,悲沧桑。可是,我只为你写,今晚的明月,昨日的星光,还有那句,思君断肠。

众里寻他千百度

——南北朝·徐德言《破镜诗》

> 镜与人俱去,镜归人未归。
> 无复姮娥影,空留明月辉。

长安街头,白马香车,金阶玉堂。

有人为名利而来,有人为钱财而来,有人为情而来。或许,有人手执半面铜镜,穿过一条条街巷,只为寻找另一个面铜镜。

大抵,所有人都以为他是傻子……

大抵,所有的傻子都有故事……

南朝末年,有一桩奇事:乐昌公主出嫁了!

这位乐昌公主,性情温婉,德才兼备,择婿之时,不恋高门显贵,自愿下嫁江南才子徐德言。

究竟是怎样的缘分？两个不同世界的人，竟渐渐吸引，从陌生到熟悉，再到永不分离。许是画楼初遇，望见他风华绝代的身影；许是春日雅集，听到他轻声吟咏的诗句；许是灯火阑珊，吐露他深藏已久的心迹。那个谈情说爱的年纪，他们永远坚信"不离不弃"。

婚后，徐德言入朝廷任侍中，颇有政治才华。只可惜皇帝陈叔宝荒废朝政，任用奸臣，陈国日渐积弱。

北方，杨坚已建立隋朝，不日举兵南下。人人都知道陈国迟早灭亡，只是没想到，亡国之时，皇帝竟带着宠妃跳到井里躲避敌军，直到敌军准备往井中投石才开口求救。隋军为防陈国纠集残部，死灰复燃，将皇帝及宗亲贵族皆掳往隋都长安，乐昌公主也在北上之列。

分别前，徐德言垂泣道："如今国破家亡，必不相保。以你的才貌，必会流落王孙贵族之家。我若死，幸无相忘，若生，亦难再见了。我与你应有一件信物。"

于是，他将铜镜摔成两半，一半递给妻子，一半留给自己。

他道："你若入权贵之家，便于每年正月十五日，将铜镜拿去集市上叫卖，以此找寻我的下落。"

他又道："若存，当冀志之，知生死耳。"

这半面铜镜不仅是信物，也是希望。乱世离别，一切都是未知。北上之路何止千里，若无希望，又如何求生！

那一路，有看得见的风雪，也有看不见的刀剑。多少亡国之臣承受不了屈辱，亲手将自己了结在荒芜的古道上，那鲜血,那呻吟,又刺痛了多少偷生者的心?

有时候,她也想一死了之,或许还能保全名节。

但是,她不能死,还有人等着她。绝望之时,她握紧了那半面铜镜,像是握紧了渺小的希望。国不在了,家还在,家不在了,人还在。

只要这世间有一人爱她、护她、等她,她的苟活便有意义。

长安城,胜利者的净土。

陈国皇族到了长安后,各有各的去处。陈国皇帝及其妃子被幽禁,叔伯兄弟都流放边陲,宫人女眷入宫为婢,姿色出众者被赐给功臣将士,有一位宁远公主成了隋文帝的妃子。至于乐昌公主,则被赐给了开国功臣杨素为妾。

乐昌本是金枝玉叶,加之腹有诗书,使得杨素对这位江南佳人甚是钟情。可惜,佳人心中早有良人,无论杨素如何宠爱,她都未曾展露笑容。

一年之中,只有正月十五,她的眼中会闪着光亮,像是触不可及的星辰。上元佳节,月色映窗,冷风中有烟火气,有胭脂香,每个人脸上都挂着笑容,观灯的观灯,猜谜的猜谜,她却拿出半面铜镜,命人拿去集市上以高价叫卖。

年年如此,年年无果。杨素听闻此事,既不过问,也不干涉。他如此聪慧,或许隐隐猜到了什么,却不敢再猜下去。有些事情,难得糊涂,聪明人总是在该糊涂的时候糊涂。

又是一年上元节,长安街市张灯结彩,游人如织。

仆人又拿着半面铜镜上街叫卖，这一次，她遇见了一个男子，那男子愿以重金买之，并带着仆人来到住所，拿出另一半铜镜，两镜相合，丝毫不差。

此人便是徐德言，他千里迢迢，奔赴而来。如今，镜虽重圆，人却未归。仆人告诉他："那位公主已是杨大人的宠妾。"

他到底还是来晚一步……

徐德言恍惚地提起笔，在铜镜上写下一首诗："镜与人俱去，镜归人未归。无复姮娥影，空留明月辉。"

当年镜去人亦去，今日镜归人未归。再难望见佳人身影，空留一地清冷月光。来得太迟，爱得太深，才会如此遗憾吧！

乐昌公主读到诗后，又是欢喜，又是悲痛。月光下，她抱着铜镜，笑了又哭，哭了又笑。寻回了半面铜镜，却寻不回一生所爱。这便是她所盼的破镜重圆吗？爱人重逢，物是人非，她等来了一个矛盾的结局。

后来的日子，她以泪洗面，茶饭不思。见状，杨素终于开口，问其缘故。公主知晓杨素为人，也未隐瞒，便据实相告。

杨素听了这桩往事，心情也极为复杂，他疼惜了多年的女子，竟一直爱着另一个男子，谁又能接受？此时，他终于知道，为何她郁郁寡欢，为何她心事重重，原来，她从未真正地欢喜。

他面临着两个选择，是成人之美？还是棒打鸳鸯？世间多少痴儿女，总要有人做伤心人。

数日后，杨素宴请徐德言、乐昌公主，宴席之上，故人相见不敢言，只是礼貌寒暄。

酒过三巡，杨素忍不住问乐昌公主："为何不同他讲话？"

她低声轻叹："无话可说。"

说什么呢？这样的场合，这样的宾客，似乎说什么，都会掀起一阵风波。

杨素递给她一支笔："那便写下吧！"

她拿着笔，沉思良久，才默默写下四行小诗："今日何迁次，新官对旧官。笑啼俱不敢，方验作人难。"

一个女子，同时面对着新旧夫君，笑也不是，哭也不是，左右为难，这心里的悲凉与苦涩，只有自己清楚。

杨素凝视着那首诗，纠结着，痛苦着。他抬头望了一眼徐德言，又将目光落在了乐昌公主的身上，最后，无奈地淡笑道："你随他走吧！"

《两京新记》记载："时人哀陈氏之流落，而以素为宽惠焉。"

成全他们，已用尽了他所有的宽惠。

相传，那对璧人回到了江南，闲云野鹤，共度余生。至于铜镜，随着他们的离世，葬入了陵墓。

破镜重圆，你读到的是一段佳话，还是一段爱情？

曾经，有一位故人问过我："破镜还能重圆吗？"

我想，他大抵不知"破镜重圆"的故事。破镜重圆，本就是双向奔赴。那是对挚爱的执着，这种执着，纵使物是人非，也未曾消散。

众里寻他千百度，寻吧，爱吧，千百次回眸，爱你的人不会走，不爱你的人不会留。

早知如此绊人心

——唐代·李白《秋浦寄内》

我今寻阳去,辞家千里余。
结荷倦水宿,却寄大雷书。
虽不同辛苦,怆离各自居。
我自入秋浦,三年北信疏。
红颜愁落尽,白发不能除。
有客自梁苑,手携五色鱼。
开鱼得锦字,归问我何如?
江山虽道阻,意合不为殊。

秋浦长似秋,萧条使人愁。

愁,是诗人的天性;自由,是诗人的追求。

某个清风明月夜,李白倦了,一个人泛舟于秋浦水上,思绪随着流水而去……

秋浦，大唐池州郡属县，因内有秋浦水而得名。此处，仰观可见星汉灿烂，俯瞰可见江水映月，远望可见千重山岭，近看可见山花拂面。白鹭高飞，白猿哀啼，这一路，且行且歌，踏月而去。

十年了，他云游已经整整十年了。那一路的风景，他只是驻足，从未长留。他不愿停下，亦不愿回头，飘摇于江湖之中，忘却红尘千万事，一诗一酒，走遍天涯。

只是，远游之人也有落寞之时，一片落叶，勾起惆怅，一盏清茶，品出忧伤。天地辽阔，攀过再高的山，行过再长的江，终不及故园的温情。

几日前，他又收到了妻子宗氏的信。

自天宝九载（750年）成婚以来，宗氏居于梁苑，他常年漂泊在外，与夫人宗氏聚少离多。

如今，他即将离开秋浦，去往浔阳，踏上旅途之前，他给妻子写下一封书信《秋浦寄内》："我今浔阳去，辞家千里余。结荷倦水宿，却寄大雷书。虽不同辛苦，怆离各自居。我自入秋浦，三年北信疏。红颜愁落尽，白发不能除。有客自梁苑，手携五色鱼。开鱼得锦字，归问我何如？江山虽道阻，意合不为殊。"

这首诗，如话家常，以最朴实的语言，写最真挚的情感。

他说，我今浔阳去，辞家千里余。

今朝，他要往浔阳而去，离家已是千里。他宿于水中，伴着阵阵荷香，为远方的人写下一封家书。

夫妻二人虽辛苦不相同，却共因分离两地而悲怆。所谓

"辛苦"，男子是离家之苦，女子是独居之苦，相隔千里，苦楚相同，牵挂相同。

自到秋浦之后，三年了，少有北方的书信。山路迢迢，一封短短的家书，要经过数月才能送达他的手中，他的回信又要经过许久才能送到家中，一来一回，已是春去秋来，不知过了多少黑夜白昼。

而他们，也在岁月中老去，红颜因愁而落尽，白发因忧而难除。关于白发，李白曾于《秋浦歌十七首·其十五》中写道："白发三千丈，缘愁似个长。不知明镜里，何处得秋霜。"

眼下，李白已是五十四岁，他独对明镜，望着镜中白发，将一切归于"愁"，白发生了又除，除了又生，恰如剪不断理还乱的离愁。那么，远在梁园的妻子，是否也是双鬓如霜？

那一刻，他忽然很想见她。思念，总是如此突然，像是寒冬的一团火，燃了，便不愿熄灭。

有客自梁苑而来，捎来一封家书，信上千言万语化为一句询问："日后，有何打算？"

他该如何回答？前路漫漫，未见终点，他也不知会远行多久。许是一年，许是两年，许是又一个十年。

终是给不了一个答案。纵然相思，却挡不住他前行的脚步，他只道："江山虽道阻，意合不为殊。"

虽江山阻隔，不可相见，但心心相印，永不改变。

梁苑，明月依旧，良人不归。宗氏收到了心心念念的回信，几行诗句，足以解忧。她盯着那句"江山虽道阻，意合不为殊"，沉默良久，一时不知该欢喜，还是该惆怅。

她知他生性洒脱，不喜拘束，便从未以世俗之礼束缚他，天地之大，任其遨游。或许，这也是一种爱吧！这段爱情，没有花前月下的缠绵，却有心有灵犀的成全，一个前行，一个等待，不问值不值得，只谈眷不眷恋。

只不过，春去秋来，花开花落，她也会想起他的样子，读着他的诗文，度过无数寂静的夜晚。

今夜，他可曾想起梁苑，这个他们结缘的地方？

梁苑，又名梁园。西汉时期，汉文帝之子梁孝王于睢阳建立梁国，后建造此园。他曾在此处宴请宾客，司马相如、枚乘、邹阳等人均为座上客。天宝三载（744年），李白被唐玄宗"赐金放还"，离开了喧闹的长安，踏上一条浪漫的道路。他于洛城遇见了杜甫，又于梁宋结识了高适，那夜，三人于梁苑之内摆酒言欢，举杯邀月，谈笑风生。

酒酣之时，李白提笔在墙壁上写下《梁园吟》，诗云：

我浮黄河去京阙，挂席欲进波连山。

天长水阔厌远涉，访古始及平台间。
平台为客忧思多，对酒遂作梁园歌。
却忆蓬池阮公咏，因吟"渌水扬洪波"。
洪波浩荡迷旧国，路远西归安可得！
人生达命岂暇愁，且饮美酒登高楼。
平头奴子摇大扇，五月不热疑清秋。
玉盘杨梅为君设，吴盐如花皎白雪。
持盐把酒但饮之，莫学夷齐事高洁。
昔人豪贵信陵君，今人耕种信陵坟。
荒城虚照碧山月，古木尽入苍梧云。
梁王宫阙今安在？枚马先归不相待。
舞影歌声散绿池，空余汴水东流海。
沉吟此事泪满衣，黄金买醉未能归。
连呼五白行六博，分曹赌酒酣驰晖。
　　歌且谣，意方远。
东山高卧时起来，欲济苍生未应晚。

次日，宗氏游园时，瞧见了壁上之诗，她觉诗人既有且歌且谣的豁达，又有欲济苍生的壮志，不因失意而忧愁，不因权势而折腰，不觉天下竟有如此潇洒之人。

她低吟着诗句，猜想着：究竟是何人所作？

宗氏生于官宦之家，祖父宗楚客曾任武则天时的宰相，这位名门闺秀才貌双全，也曾结识诸多文人墨客，但他们却无一人能及此人。

这时，一位僧人正在打扫庭院，见到墙上的墨迹，举起抹布就要擦拭。

宗氏立即开口阻止："切勿动手！"

僧人面露难色，低声说："这诗若让游人看见，只怕会不喜。"

宗氏想了想，命人给僧人千金，并道："这墙壁，我买下了。"

宗小姐千金买壁的事情传遍了街巷，同时，也传到了李白耳中。能得一人倾慕至此，便也不负诗酒年华。于是，李白请高适做媒，以《梁园吟》为聘，迎娶宗氏。

李白曾言："一朝去京国，十载客梁园。"

其实，他并非真的客居梁园十年。婚姻未曾留住他的脚步，成亲以后，李白继续游历四方，关山之月，花间之酒，皆为他所热爱的人世繁华。

至于那个家，他已经许久未回。

家中之人等着，念着，盼着。她道：总有一日，他会归来吧！

孤独之时谈相思，相聚之时谈自由。这样的人，不知是薄情还是深情。

秋风过，梁苑早已荒凉，落叶聚散，寒鸦飞尽，佳人将信笺小心珍藏，不由轻吟出李白的两句诗："早知如此绊人心，何如当初莫相识。"

至亲至疏夫妻

——唐代·李冶《结素鱼贻友人》

尺素如残雪,结为双鲤鱼。
欲知心里事,看取腹中书。

大唐,玉真观,人间香火,缭绕青山。

文人雅士不远千里来到观中,递上一封封名帖,只为听道姑弹一首曲,赋一首诗。

这位道姑叫李冶,字季兰,是一位风情万种的美人。

暖阁内,女子慵懒地翻看着名帖,随手一指,轻声道:"就他了!"

她每日都这般挑选客人,与之调笑,秋波暗送,却不曾付出真心。爱情,对于她来说,太过奢侈,她不敢爱,也不敢被爱。

她,一生被人所弃。

她的记忆，从六岁时开始。那年春时，家中的蔷薇花开得极美，团团簇簇，像梦中的晚霞。

阿爷抱着她，指着那些花儿，问："这花美不美？"

她回道："美。"

阿爷又道："那你作一首诗，可好？"

她眨了眨清澈的双眼，指着还未搭好的花架，道："经时不架却，心绪乱纵横。"

意思是，花架未成，枝叶已肆意纵横了。

阿爷闻之，忽然皱起眉头，低声道："架却，嫁却，此二字不好，不好……"

"架却"谐音"嫁却"，小小年纪竟有待嫁女子的心绪！阿爷叹道："此女聪黠非常，恐为失行妇人。"

她并不知道自己做错了什么，只记得，那日，阿爷甚是失望，拂袖离去，留下她一个人独自错愕。她才六岁而已，怎知"嫁却"？不过是随口吟出的诗句，竟成了一切悲剧的开端。

不久之后，阿爷便将她送去了湖州玉真观。这个男人剥夺了她的自由，扼杀了她的才华，还和蔼地对她说："这是为了你好。"

她恨他，也恨这座道观。这样的人，又怎会静心修行？白日里，她读着经文，黑夜中，她想着尘世。玉真观的高墙困不住她的灵魂，也斩不断她的爱情。

韶华之年，她遇见了一个僧人，那人名皎然，俗姓谢，字清昼，是谢灵运的十世孙。初见时，梨花似雪，簌簌而落，他丛林中走来,一袭僧袍,温文如玉,堪比仙人。

他的出现,是她的救赎,是她黑暗人生中的一束光。他的仁慈、柔善、淡然,让她一见倾心,由此种下了情根。

爱他什么呢?大抵是那颗与世无争又兼爱天下的心。他是懂茶的,也是懂诗的,故而,写下了"一饮涤昏寐,情来朗爽满天地。再饮清我神,忽如飞雨洒轻尘。三饮便得道,何须苦心破烦恼"的诗句。

他也曾为她亲手烹茶,低声念着《心经》:"心无挂碍,无挂碍故,无有恐怖,远离颠倒梦想,究竟涅槃。"

一个僧人给一个道姑讲佛法,一个愿讲,一个愿听,许是缘,许是劫。

她痴痴地听着,她听到的不是"五蕴皆空",而是"情者见情"。这是爱也好,是依赖也罢,她喜欢这样安安静静地陪着他。

如果人没有贪妄,或许会得到更久的陪伴。她习惯了皎然的慈悲,错把慈悲当成爱情,她想得到更多,比如皎然的心。

有些事情,明知是错,还是要做,到底是痴傻还是执着?她拿出信笺,写下了一封厚厚的情书,又在信纸上添了四行情诗:"尺素如残雪,结为双鲤鱼。欲知心里事,看取腹中书。"

这诗的意思是:"信笺如冬日残雪,我将它折成双鲤的形状。你想不想知道我的心中事?若想,便打开双鱼,取出腹中的书信。"

皎然收到双鲤书时,一定犹豫了很久。要不要打开?要不要回信？

他也知道，一旦打开书信，便是一场情劫，自毁修行。他已皈依空门，万缘了断，他爱世人，亦爱她，这爱是慈悲。

可是，他也会迷茫，她对于他来说，终究是不同的。为何不同？许是肉体凡胎，难抵红尘深情。爱情，是两个人的事情，她来到他的身旁，他未转身离去，这才有了日久生情。

他会动情吗？他要如何应对？

古刹中，皎然写下了答诗："天女来相试，将花欲染衣。禅心竟不起，还捧旧花归。"

如天仙般的女子送来真情，一朵嫣红的花欲沾染佛衣。可惜，禅心未起，只能将真情还给天女。

皎然委婉地拒绝了。他称她为"天女"，既是天女，应是受万人追捧，又何必在一个僧人身上浪费时间？僧人已选择了佛。

李季兰也料到了这样的结果，她没有纠缠，没有沮丧，像是什么也没有发生过，依旧饮茶、听经，他们回到了最初的时候，像朋友一样，又像陌生人一样。

从此，她不再深情。既然阿爷认为她是"失行妇人"，她索性便成为"失行妇人"。那些年，她结交了不少文人墨客，有朱放、刘长卿、崔焕、肖叔子、陆羽、阎士等人，终成了世人口中的"风情女子"。男人爱她，女人妒她，爱什么？妒什么？从始至终，她不过是一个人罢了！从来没有被人坚定地选择过，也从来没有坚定地选择过别人。

人生是一条没有归程的路，她沿着这条路走了很远很远，远到看不清来时的路,远到记不得曾经的自己,她爱着爱着,就爱得遍体鳞伤,爱得失魂落魄,便开始放纵情怀,从一尘不染到满身尘埃,不再清白,不再光彩,留下一世的桃花债。

怎么爱呢?她已经不会爱了。

暮色苍茫,人间事,甚思量。许多年以后,美人迟暮,秋风又起,她提笔写下了流传千古的《八至》:至近至远东西,至深至浅清溪。至高至明日月,至亲至疏夫妻。

为了第四句,写了前三句,字字至理,第四句尤其至情,诉尽人生无奈之态。最近又最远的,是东西;最深又最浅的,是清溪;最高又最明的,是日月;最亲又最疏的,是夫妻。人与人之间的感情,也不过如此。爱时浓情蜜意,恨时反目成仇,由亲至疏,由爱生恨,实在悲凉!

那个最亲密的人,也会成为最疏远的人,所以,爱不能太

敷衍，也不能太深情。李季兰正是悟透了这一点，才会以淡然的姿态去爱，去离别。

年少时，她虽爱错了人，但那份爱却是真的，是至近至深至明至亲的爱，后来，她再也没有遇到过那般慈悲的男子，也再没有拥有过那般纯粹的爱。

有些人，教会了她成长，却教不会她如何遗忘。

某年，庭前的蔷薇花又落了，原来，春天早已过去……

她拾起沾着尘土的花瓣，轻轻擦拭着，却怎么也擦不干净。俄然间，她想起六岁时的自己，那个专心翰墨、天真无邪的孩子，或许，那才是真正的自己。

回不去了，是吗？我们，都回不去了。

昔日青青今在否

——唐代·韩翃《章台柳·寄柳氏》

章台柳，章台柳，昔日青青今在否？
纵使长条似旧垂，也应攀折他人手。

  大唐天宝年间，那真是一个复杂且多情的年代。昨夜盛世霓裳，今朝乱世别离，前尘往事，似梦，似烟。于是，才子佳人的故事便开始了。
  正是人间四月天，梨花淡白，柳絮满城，多少学子为求功名，不远千里，奔赴长安。
  长安城是文人的梦，韩翃携梦而来，立志于此处成就仕途。只可惜韩翃一介寒门书生，羁滞长安许久，终是未能遇见伯乐。所幸低谷之时，结识了富家公子李生，李生负气爱才，便与韩翃结为知己，二人交情深厚，时常饮酒赋诗，谈史论今。

那日，李生于家中设宴，席上，有一位歌姬登台献曲，其歌声动人，余音绕梁，不绝于耳。此姬为柳氏，"艳艳一时，喜谈谑，善讴咏"。

这是一场歌姬与才子的邂逅，那歌姬哼着悠扬的旋律，那听曲之人暗暗动了心房，见之钟情，见之难忘。

后来，柳氏总是偷偷地望着他，听他畅谈古今，听他把酒言欢，她道："韩夫子绝非长久贫贱之辈！"

她相信，终有一日，他会功成名就。只是，那时候，他还会记得她吗？无数次的擦肩而过，无数次的回眸浅笑，他是否记得李府中的那个歌姬？

她不过是府里豢养的歌姬，身份卑微，如何与韩夫子相配？"山有木兮木有枝，心悦君兮君不知"，爱，却不敢言。

李生久经风月，渐渐察觉到柳氏的心事，愿意成人之美，促成良缘。于是，便趁酒酣时，将柳氏荐枕于韩翃。郎有情，妾有意，一个坚定的目光，一个深情的动作，便可托付终身。

如花美眷，情意缱绻。李生出资三十万，助二人完婚，那场婚礼虽不盛大，却铭刻于时光中，成为盛世最后的欢喜。次年，韩翃进士及第，依礼应回乡探亲。山高路远，韩翃不舍柳氏一同奔波，便让她留在长安。

别时容易见时难，一别以后，安史之乱爆发，山河破碎，摧毁了原本静好的岁月。大唐已是风雨飘摇，兵荒马乱，硝烟四起，她一介弱质女流，该何去何从？爱人又身在何处？她跟随着难民一路逃亡，所经之地皆草木荒凉，饿莩遍野。

一个风雪之夜，她迎着寒风前行，那积雪中好似藏着无数灵魂，它们期期艾艾地诉说着乱世的故事。她又开始胡思乱想：或许，某一日，我也会惨死于叛军的刀下，孤魂飘荡在长安的街巷，不知能不能等到他。他，还活着吗？

不！他不会死！她也不能死！她要活着！她来到了法灵寺，用尽最后一丝力气，艰难地叩响了寺门……从此以后，法灵寺中多了一个女子。听闻那女子曾经相貌绝佳，为求自保，她削去了长发，毁去了容貌，寄居法灵寺。她时常在寒风中悲歌，陪伴她的并非钟鼓之声，而是孤雁长鸣。

那是柳氏最不愿回忆的时光。她在恐惧与孤独中煎熬度日，生怕不能活着见到他，更怕见不到活着的他。这场等待，仿佛没有结果，却总有一种力量，支撑着这个女子等下去。那种力量是什么？那便是希望吧！因为明天的希望，忘记今日的痛苦。

淄青，韩翃已流落此地许久，战乱之中，幸而遇见了淄青节度使侯希逸，遂留在府中任从事，想等战乱平息，再回长安。乱世是一场劫难，每个人都在劫难中历练，经历着兴亡、福祸、悲欢、离合，只为等到黎明之时，只为等到相见之日。

后来，唐肃宗收复长安，韩翃派人暗中寻找柳氏，他在丝绸钱袋中装着碎金，又在袋上写道："章台柳，章台柳，昔日青青今在否？纵使长条似旧垂，也应攀折他人手。"

章台，本是汉代长安的一条街名，是最繁华之地，诗人常用其事与杨柳相连。章台，杨柳依依，昔日美人顾盼生姿，如今可如往日一样？柳枝细长，飘垂如故，只怕已被他人攀折。

那么，美人呢？是否已被他人所夺？

他在相思中生忧，在忧心中生怖，怕再相见，她已不是曾经的她。茫茫人海，他们是否还能相见？

法灵寺，青灯之下，她一遍又一遍诵着佛经，不是为了斩断尘缘，而是为了祈祷平安。这时，只听香客吟诵着诗句，并低声谈论着寻人之事，她忍不住上前询问："可是寻一位姓柳的女子？"

"是啊！"

一瞬间，女子泣不成声。他还活着，真好！他还念着，真好！这纷扰的世间，难得长情之人，难得相思不负。

柳氏写下了回信："杨柳枝，芳菲节，可恨年年赠离别。一叶随风忽报秋，纵使君来岂堪折！"

芳菲时节，杨柳千条枝，只恨年年折枝赠离别。一叶随风而去，春去秋来，章台柳早已不再青春，纵然郎君来此，目睹此情此景，也是不堪攀折。

她的回信，一是表明真心未改，二是感叹岁月无情。她期待着重逢，日日站在寺庙门前，望着远方的行人，想着：等下去，总有一日，会等到他。

可怜，她等来了又一场劫难。

那样一个清新脱俗的女子，即便失去了容貌、长发，依旧如桃花般绚烂。番将沙吒利得知柳氏姿色，将其劫入府中，宠之专房。

韩翃重回长安，已是人去楼空。他们离相见仅差一步而已。此后，他再也寻不到她的下落……

如果故事到这里便结束了，那必定遗憾终生。所幸，冥冥之中，自有眷顾，缘分让两个人重逢。长安街头，悲凉的重逢，恰似一场前尘的梦。

他失魂落魄地走在街市，不知方向，不知终点，静静地走着，仿佛那条路永远没有尽头。就在这时，一辆辎车驶过，不急不缓，与他同行。

车内传来女子哽咽的声音："可是韩员外？我是……我是柳氏啊！"

韩翃猛地停下脚步，不敢置信地望着车内之人。是梦？还是现实？他已无法分辨。那一刻，寂静的街巷，只剩下两人含情的目光，痴痴地互望着。一别数年，朱颜未改，物是人非。

迟了，终究是太迟了。佳人如故，却已不再属于他。章台柳，章台柳，他心爱的柳枝还是落入了他人之手。若是不曾遭遇战乱，若是早日返回长安，若是……

人生实难，总有遗憾。也许结局早已写好，只待故事中的人去经历。

次日，柳氏又亲自送给他一盒香膏，她道："以此为念，与君永诀。"

未再多言，转身离去。她的身影，如微微的春风，拂去了他的相思之苦，又残忍地留下了离别之伤。

韩翃无权无势，自是不敢轻易得罪番将，便请友人许俊相助，趁沙吒利外出之际，将柳氏救出火海，后来，侯希逸又向皇帝上奏，细说事情原委。

不久，皇帝下诏：柳氏宜还韩翃，赐沙吒利钱二百万。

有情人终成眷属，自是最好的结局。这段感情，少了一次相遇，少了一位贵人，少了一丝勇气，都不会圆满。有些人，走着走着便散了，有些爱，念着念着便忘了。那些双向奔赴的爱情，虽历经坎坷，却至死不渝。

天长地久有时尽，此爱绵绵无绝期。

有些人，历经战乱，幸而，尚有相逢之日，幸而，尚有不负之人。

最是人间清醒客

——唐代·元稹《寄赠薛涛》

锦江滑腻蛾眉秀,幻出文君与薛涛。
言语巧偷鹦鹉舌,文章分得凤凰毛。
纷纷辞客多停笔,个个公卿欲梦刀。
别后相思隔烟水,菖蒲花发五云高。

浣花溪,薄情人远去多年,落花流水空余恨,笑叹红尘,几度幽梦,几度相思?

薛涛收到一首诗,诗曰:"万里桥边女校书,枇杷花里闭门居。扫眉才子知多少,管领春风总不如。"

又是一位献殷勤的文人,可惜,再美的文字也无法掀起心中的波澜。她老了,心静了,杏花微雨,桃花流水,于她而言,不过是一场四时的梦,再也牵不动她的愁肠。

她不再需要爱了。

她已是遍体鳞伤。

薛涛，八岁能作诗，十六岁入乐籍，才艺双绝，名动一时。她的诗不仅有粉墙春怨，还有边疆艰苦，如《罚赴边有怀上韦令公二首·其一》："闻说边城苦，而今到始知。羞将门下曲，唱与陇头儿。"

石榴裙下，拜倒多少诗人墨客。最风光之时，她以"女校书"的身份陪伴在剑南西川节度使韦皋左右，又与白居易、张籍、刘禹锡、杜牧、张祜等人唱酬交往。只是，纵有才华，终是迎来送往的风尘女子。书房中，红袖添香，酒席上，赋诗侑酒。世人皆知：她不过是达官贵人的玩物罢了！

她何尝不渴望爱情与呵护？可偏偏遇不见真心人，那些文人敬她，慕她，却无一人愿意娶她。她是美人，是只适合观赏的美人。年轻时逢场作戏，风花雪月，不知不觉间，岁月已经流逝，一晃之间，她已是四十余岁。她从未坠入爱河，从未迷失自我，直到那个人的出现，彻底改了变她的心。

此人便是元稹，一个比她小十一岁的男子。那年春，元稹奉命出使剑南东川，初入官场，意气风发，平反了不少冤假错案，白居易写诗称赞："其心如肺石，动必达穷民。东川八十家，冤愤一言申。"

这样一个年轻有为的官吏，不远千里，慕名寻来，她一次次拒绝，他一次次等待，恰似骄阳闯入了寒冬，他的热情、浪漫、朝气，点燃了她冰封已久的心。落花时节，月下缠绵，她凝视着那张年轻的面容，也会暗暗自卑："红颜易老。"

她老了,如何能配得上年轻的灵魂?爱,会让人患得患失。

　　　　双栖绿池上,朝暮共飞还。
　　　　更忆将雏日,同心莲叶间。

这是热恋之时,她写下的《池上双凫》。某个清晨,她望见绿池中的双凫,心生羡慕,想着:余生与他双宿双飞。

可是,他想吗?相识以来,虽形影不离,却无名无分。他们从未谈过未来,何来天长地久?如果,今生注定要有一个归宿,她希望那个人是元稹。

可惜,天不遂人愿。不久之后,元稹因公务离开四川,临走前,她含泪相送,这一别,还会再见吗?心有千千结,却难说出口,再多的期盼,也不及一句承诺。可是,他如此吝啬,不曾给过承诺。即便他也万般不舍,但他一句话也不肯说。

终于,那远去的客舟消失在残阳中,像是破碎的梦,带走了所有的憧憬和美好。

她又是一个人了,仿佛回到了原点,仿佛从未相见。

那日,她收到了元稹寄来的诗,诗曰:"锦江滑腻蛾眉秀,幻出文君与薛涛。言语巧偷鹦鹉舌,文章分得凤凰毛。纷纷辞客多停笔,个个公卿欲梦刀。别后相思隔烟水,菖蒲花发五云高。"

这信手拈来的赞美之词,将她与卓文君类比,唯有锦江、峨眉这般的青山秀水,才能变幻出此等才女。言语巧妙,好似偷了鹦鹉的舌头，文章华丽，好似凤凰的羽毛。无数擅长文墨的人都纷纷搁笔，公侯贵族更是自愧不如。自分别以后，远隔烟水，相思情多，那思念犹如庭前盛开的菖蒲花，如祥云那样高。

美人如花隔云端，可望而不可即。他多懂女子，赞其才华，叹其言语，将自己置于尘埃，将她捧于高处，仰望着这个如菖蒲花般的女子，感叹一句："别后相思隔烟水，菖蒲花发五云高。"

这句话好像在说："你太好了，是我配不上你。"

这满纸的甜言蜜语，谁又能分得清真假？也许是太过于依赖那段感情，薛涛信了，沦陷了。她以木芙蓉皮为原料，加入芙蓉花汁，制成深红色的精美小信笺，用于写情诗、情书，这些往来的情书，填补着她空洞的心，如这首《寄旧诗与元微之》：

> 诗篇调态人皆有，细腻风光我独知。
> 月下咏花怜暗澹，雨朝题柳为欹垂。
> 长教碧玉藏深处，总向红笺写自随。
> 老大不能收拾得，与君开似教男儿。

她将旧时的诗寄给他，亲昵地称他"微之"，仿佛回到了从前。一封封信笺，将本该结束的感情再一次捆绑，她还在幻想着"朝暮共飞还"。

千里之外，元稹早已娶妻纳妾，宦游途中，又惹了一身的风流债。他有了新欢，自然忘了旧爱，不再努力编织谎言，取而代之的是疏远，是敷衍，是冷漠。

而她，也察觉到了他的绝情。书信断绝，音讯全无，她寄出去的信，再也等不来回信。浣花溪又来了新的客人，闲谈时，她从客人口中听到了他的风流往事，不知该哭，还是该笑……

他啊，爱上了有夫之妇，女伶刘采春，还为那个女子写了一首诗《赠刘采春》：

> 新妆巧样画双蛾，谩裹常州透额罗。
> 正面偷匀光滑笏，缓行轻踏破纹波。
> 言辞雅措风流足，举止低回秀娟多。
> 更有恼人肠断处，选诗能唱望夫歌。

瞧瞧，这诗写得多妙！像不像当年送给薛涛的诗？或许，改个诗名，还能送给另一个女子。这就是元稹！妙笔生花，让人爱也不是，恨也不是。

爱是什么？对于见惯了风月的人来说，爱情不过是一场欺骗的游戏。薄情之人从不在意结果，他享受着过程。相爱时轰轰烈烈，分离时肝肠寸断，他的深情如此真切，他的无情如此决绝。倘若不幸，遇见了这样的人，那便如同烈火中走过一般，痛不欲生，体无完肤。

后来，薛涛看到了元稹给亡妻写的五首《离思》，其中一首写道：

> 曾经沧海难为水，除却巫山不是云。
> 取次花丛懒回顾，半缘修道半缘君。

经历过沧海之水，便不会被别处之水所吸引，除却巫山的云雨，别处的云都黯然失色。虽常在万花丛中穿行，却无心回眸赏花。这一半是因为修道，一半是因为亡妻。

好一句"除却巫山不是云"！从始至终，所谓的深情，不过是伪装。既然不爱，又何必招惹？所幸，她漂泊红尘多年，已不奢望地久天长，一个支离破碎的灵魂，从不会在乎多一道伤痕。

她是风，是自由的风，不会为谁而停留，不会为谁而匆匆。风过，所遇之人皆是过客。

豆蔻十三余

——唐代·杜牧《张好好诗》

牧大和三年,佐故吏部沈公江西幕,好好年十三,始以善歌来乐籍中。后一岁,公移镇宣城,复置好好于宣城籍中。后二岁,为沈著作以双鬟纳之。后二岁,于洛阳东城重睹好好,感旧伤怀,故题诗赠之。

君为豫章姝,十三才有余。翠茁凤生尾,丹脸莲含跗。
高阁倚天半,晴江联碧虚。此地试君唱,特使华筵铺。
主公顾四座,始讶来踟蹰。吴娃起引赞,低回映长裾。
双鬟可高下,才过青罗襦。盼盼乍垂袖,一声离凤呼。
繁弦迸关纽,塞管裂圆芦。众音不能逐,袅袅穿云衢。
主公再三叹,谓言天下殊。赠之天马锦,副以水犀梳。
龙沙看秋浪,明月游东湖。自此每相见,三日已为疏。
玉质随月满,艳态逐春舒。绛唇渐轻巧,云步转虚徐。
旌旆忽东下,笙歌随舳舻。霜凋谢楼树,沙暖句溪蒲。

身外任尘土,樽前且欢娱。飘然集仙客,讽赋欺相如。
聘之碧瑶佩,载以紫云车。洞闭水声远,月高蟾影孤。
尔来未几岁,散尽高阳徒。洛城重相见,婷婷为当垆。
怪我苦何事,少年垂白须。朋游今在否,落拓更能无?
门馆恸哭后,水云愁景初。斜日挂衰柳,凉风生座隅。
酒尽满襟泪,短歌聊一书。

大和八年(834年),洛阳城,正是清秋时节,落叶衰草,何处不悲凉?

杜牧信步街头,忽而,听见远处的叫卖声:"杏花酒,杏花酒。"

他循声而去,只见一座安静的酒肆,泛黄的酒旗随风而动,观之,竟有道不出的悲凉。他推门而入,望见卖酒之人忙碌的背影,那么熟悉,又那么陌生,是她吗?她怎么会在这里?

他试探着唤了声:"张娘子?"

那女子的背影微微颤了颤,未敢转身,眸中满是泪意,她问:"可是故人?"

"是。"他确信,面前之人一定是记忆中的那个人。

他们沉默了,陷入了那段旧时的回忆。

那是大和三年(829年),杜牧于江西观察使沈传师的幕府供职时结识了豫章佳人——张好好,她年方十三,因善歌而入乐籍。

初见是如此惊艳。赣江之畔，滕王阁中，她缓缓而至，一袭翠色衣裙，如凤鸟尾羽，脸颊泛着红晕，如红莲含苞。

那是她第一次登台试唱，为听此曲，达官显贵特设盛宴，满座高朋，静等轻歌。这一切，只因她是张好好，独一无二的张好好。

等待良久，沈传师环顾四座，不见其人，心中讶异。

终于，吴娃引她上前。少女羞怯，低头不语，一双发髻高低合宜，缕缕青丝才过青罗上襦。她就这般出现在众人面前，如精雕细琢的玉石，无瑕无疵，只待被人捧在手心，细细珍藏。

她乍一垂袖，那姿态仿若贞元年间的名妓关盼盼，清唱一声，歌喉婉转，犹如雏凤鸣呼。琴弦迸散关纽，圆芦即将破裂，多少管弦之音都跟不上她的歌声，那袅袅歌声穿透高阁，直上云衢。

一歌成名，惊艳四座。沈传师拍案称赞，叹了又叹，并道："此音天下罕有。"于是，赠她天马锦、水犀梳。

闲暇之时，沈传师便带着她游山玩水，登龙沙观浪，明月夜游湖，有宾客的地方，便有她的歌声。少女沉醉其中，享受着众人的追捧，殊不知，春光短暂，人情浅薄。

那时候，杜牧时常与她相见，若三日不见，已算时隔太疏。他目睹了一个少女的成长，见她气质随月而满，艳态逐春而展舒，绛唇轻巧，云步从容。不知不觉间，她已不再是当年那个娇羞的少女，而是蜕变成风情万种的美人。

后来，沈传师调任宣歙观察使，也让她一同乘舟东下。

笙歌随舳舻，一路轻歌，一路乐舞。宣城，无论霜秋，还是暖春，总有张好好的轻歌相伴。

张好好，好好，相貌好，性格好，歌喉好，事事皆好。谁不爱美人？更何况，他是风流才子杜牧。

宴席上，她递来了美酒，学着那些文人雅士，轻声唤着他："杜十三。"

他焉能不动心？

她念着他的文章："'一肌一容，尽态极妍'，这句是写美人的，杜十三，你何时也为我写一首诗？"

他道："来日。"

她眨着眼睛，有所期待，追问："来日是何日？"

他答："来日方长。"

她笑了笑，那笑声竟比歌声还悦耳，如清风拂过心间，听之难忘，思之如狂。

可是，她始终是沈传师的乐妓，他官职低微，又怎敢觊觎？他们日日相见，谈笑甚欢，也非知己，也非眷侣，这段感情，称之暧昧。没有承诺，没有期许，没有结果，谁也没有往前再走一步的勇气，他们唯一能做的就是今朝有酒今朝醉。醉了，便不会执着。

身外之事如尘土，杯中之酒尽欢娱，不知是欺人，还是骗己。

两年后，沈传师的弟弟沈述师竟要纳张好好为妾。沈述师，字子明，风度翩翩，才高八斗。这位"飘然集仙客，讽赋欺相如"的痴情者，以双鬟（一千万钱）纳之，"聘之碧瑶珮，载以紫云车"，虽是纳妾，礼节却很隆重。

"侯门一入深似海，从此萧郎是路人。"张好好自知缘分已尽，出嫁前，留下了一首诗："孤灯残月伴闲愁，几度凄然几度秋。哪得哀情酬旧约，从今而后谢风流。"

从此，她独居深宅，不再与故人来往。许久之后，那些高阳酒徒，走的走，散的散，已各奔前程。

至于杜牧，他也专注于官场之事，渐渐忘却了那段情缘。宴游时，也会遇到几位窈窕佳人，那歌声终是不如她。她已成为他的白月光，无可代替，高悬不落。

只是，不曾想过，世间竟有如此凄凉的重逢，是意外，还是注定？两年后，洛阳街头，车水马龙，偌大的繁华之地，他偏偏走进了她的酒肆，而她，当垆卖酒，身姿绰约，一如从前。

她为何会沦落至此？沈述师又在何处？这些年，她到底经历了什么？他心中有千万疑惑，却一句也不敢问出口。

这时，只听见她关切地问："你为何事而愁苦？年纪轻轻就须发皆白？当年同游的好友今何在？如此失意可能承受？"

她句句询问，句句不离他。问流年，他漂泊何方？问往事，他为何沧桑？

杜牧沉沉地叹了口气，哭悼沈公后，开始讲述这些年的遭遇。不谈风月，只谈人生。至于她的事情，他只字不问，只等她愿意的时候，自己道出。

那夜，张好好递去了一杯杏花酒，时光仿佛回到了过去，然而，对视之时，彼此的眼中早已失去了清澈，只剩下藏不住的苍凉。

斜阳冷光，西风衰柳，凉风起座隅，洒尽满襟泪，她望着庭前的落花，哽咽地道："他弃了我。"

多情自古伤离别，可怜红尘梦中人。他提笔，写下了她的青春。

"杜十三，你何时也为我写一首诗？"

"来日。"

"来日是何日？"

"来日方长。"

来日，我们早已不似从前。这诗，有昔日的繁华，有今朝的沧桑，且看那相思，在诗的第几行？

叶芝曾这样赞美爱人："多少人爱过你昙花一现的身影，爱过你的美貌，以虚伪或真情，唯独一人曾爱你那朝圣者的心，爱你哀戚的脸上岁月的留痕。"

重逢之时，杜牧已是监察御史，他可以爱她，可以娶她，可是，她却什么都不想要了。

她不再相信爱情，不再期待偕老，她的心如此疲惫，只想于人世间静静老去……

她道："杜十三，忘了我吧！"

忘了她的明媚，忘了她的落魄，只当从未相识，从此各自安好。

二十四桥的明月夜依旧静谧，恰如初见时的你。

一年后,杜牧于扬州见到了一位歌妓,离开时,他写下《赠别》:"娉娉袅袅十三余,豆蔻梢头二月初。春风十里扬州路,卷上珠帘总不如。"

十三余,多么熟悉的年华!他透过那双眼睛,看见了谁?

春风十里,总不如你。

君问归期未有期

——唐代·李商隐《夜雨寄北》

君问归期未有期,巴山夜雨涨秋池。
何当共剪西窗烛,却话巴山夜雨时。

从前的车马很慢,有情人终是错过太多。
他们的故事,要从很久很久之前讲起。
大唐开成二年(837年),李商隐考取了进士资格,这是数次失败过后的成功,弥足珍贵,漫长的应举之路,终是有了收获。后来,他应泾原节度使王茂元之邀,入泾州,做了王茂元的幕僚。
泾州,他于王茂元的府邸,遇见了一生的挚爱——王晏媄,王茂元之女。
庭院小径,蔷薇丛中,忽见佳人笑语盈盈,手中的团扇随意摇动着,刹那间,暗香浮动,秋波流转。

初见便两心相许。

一对璧人,便这样结为连理。那时,他们沉浸于新婚的甜蜜,并不知道这场婚姻究竟意味着什么,也不知道要付出怎样的代价。

这场婚事,让李商隐卷入了"牛李党争"。所谓的"牛李党争",源于一场科考,"牛"指牛僧孺,"李"指李德裕。宪宗年间,朝廷举行考试选拔人才,举人牛僧孺、李宗闵在考卷中批评朝政,考官认为这二人符合条件,便将他们推荐给唐宪宗。此事传到宰相李吉甫(李德裕的父亲)耳中,李吉甫认为二人藐视朝政,并揭露他的短处,对其不利,便对唐宪宗说,这二人与考官私交甚密,宪宗信以为真,便将几个考官降职,也没有再提拔牛僧孺、李宗闵。此事引起轩然大波,朝中大臣纷纷为牛僧孺等人鸣冤,宪宗迫于无奈,将李吉甫贬为淮南节度使。后来,牛僧孺入朝任职,与李吉甫之子李德裕明争暗斗,朝臣分成了牛李两党,互相排斥,持续了近四十年。

李商隐的恩师令狐楚恰好属"牛党",而王茂元与李德裕交好,被视为"李党"。自成婚以后,便传出了流言蜚语,世人皆认为李商隐背叛恩师,趋炎附势。他成了无辜的牺牲品,于授官考试中被除名,且半生都困于党争之中,苦不堪言。

有时候,妻子会问他:"后悔吗?"

"不悔。"他语气坚定,为何要后悔?功名利禄皆是浮云,这辈子,最幸福的事情就是遇见了她。

也许仕途坎坷,幸而有卿相伴。

那年，李商隐因事羁旅巴蜀，恰逢大雨连绵，秋雨将他困于此处，风雨凄凄，湿了青衫，冷了心弦。

一处僻静的别院，亮着昏黄的光，古朴的木窗半开着，一阵秋风闯入，吹起案上的几页信笺，他急忙将信笺理好，目光落在那些鸳鸯小字上，心似在秋雨中飘荡，蚀骨悲凉。

这是妻子寄给他的信，信上一遍又一遍问着：何时归家？

他明白她的想念、担忧、关切，却不知如何回答。

何时呢？他也不知。

他只能答一句："君问归期未有期。"

你问归期，我不知归期。一问，一答，问的人如此焦急，答的人如此无奈。只恨风雨无情，误了离人的归期。

窗外夜雨淅淅沥沥，雨水已涨满秋池。秋，多么寂寞的季节，总能唤起离人的惆怅。

他听着雨声，忆起昔日团聚的时光，这样的雨天，她总会煮一碗暖暖的姜汤，那汤又香又浓，还有一些微微的辣，是家的味道。今夜，他是寻不到那样的味道了。

风雨几时能休？何时他们才能一起秉烛长谈？

他凝视着烛火，幻想着团聚的日子，等到相见之时，他必定要握着她的手，于西窗之下，与她共剪烛花，然后，告诉她："那夜，巴山秋雨，我是多么思念你！"

我想告诉你，秋夜漫漫，彻夜难眠，醒来想的是你，梦中想的还是你。最真切的情话，从来不是"爱"与"思"，而是我在孤独之时，想起你，甚至想起未来的你。

他虽不知归期，但是，他希望，往后的数年，每个秋雨之夜，再不分离。

《夜雨寄北》，寄给北方的佳人，寄给深爱的家人。

那些年，他因公务四处奔波，与妻子极少相聚，常以书信互诉衷肠。

可惜车马迟迟，红颜薄命，有些信，她来不及拆阅。

公元851年，王晏媄因病过世，而李商隐，竟没有见到她最后一面。

李商隐收到丧讯后，便日夜兼程地赶路，途中，他回想起那夜巴山秋雨，自己写下的"未有期"，心中懊悔不已。他总是走在喧嚣的路上，忙忙碌碌，伤痕累累，从不知回望一眼身后的人。

那一瞬间，他忽而明白她为何在信中一遍遍询问归期，原来，她早知自己时日无多，怕他担忧，不敢告诉他实情，便小心询问，问他："何时归家？"

每一封信笺，每一句询问，都是她弥留之际的期盼。

她真正想说的话，或许是："郎君，何时归家？我怕等不到你了。"

君问归期，未有归期！他错过的岂止是归期？他错过的，是妻子人生中最后的时光。

她一定很孤独吧？独自面对病痛，独自面对死亡，她强撑着病躯，却还是没有撑到他归来，辞世之时，带走了多少遗憾？

归家以后，只见满堂缟素，儿女悲泣。西窗之下，烛火摇曳,他静静地坐在房中,抱着妻子的遗物,哽咽地呼唤着:"娘子,娘子,我回家了……"

她听得见吗?她,听不见了。

为怀念妻子,李商隐写了一首《房中曲》:

> 蔷薇泣幽素,翠带花钱小。
> 娇郎痴若云,抱日西帘晓。
> 枕是龙宫石,割得秋波色。
> 玉簟失柔肤,但见蒙罗碧。
> 忆得前年春,未语含悲辛。
> 归来已不见,锦瑟长于人。
> 今日涧底松,明日山头檗。
> 愁到天池翻,相看不相识。

庭前的蔷薇依旧盛开着,只是沾了露珠,似为逝者哭泣。枕还是枕,席还是席,却不见妻子明亮的眼眸,只剩下一室幽寂。

忆前年,春日别离,未语含悲辛。怎知一别竟是永远,归来已是天人永隔,碧落黄泉寻不见。花开如昨,人已非旧,他走进旧室,望着一双年幼的儿女,泪眼蒙眬,无语凝噎。

往后的岁月,他该如何熬过?

许多年后,他写下两句诗:"此情可待成追忆,只是当时已惘然。"

如今,追忆当年的深情,才知当年的自己多么不懂珍惜。

茫茫然度过一年又一年，不经意间，错过了多少故人，辜负了多少年华。

从此以后，他已不忍再听雨声，唯恐雨碎旧梦，相思成灰。

这年寒冬，他于赴任途中遇风雪，天地苍茫，白雪纷纷，从未如此孤苦。

那个风雪之夜，他写下《悼伤后赴东蜀辟至散关遇雪》：

剑外从军远，无家与寄衣。
散关三尺雪，回梦旧鸳机。

雪厚三尺，寒风凛冽，这一次，再无人寄去家书，再无人送来寒衣。

梦里，他又回到了温馨的家中，望见妻子正坐在旧时的鸳机上，为他赶制冬衣，一针一线，那么真切，那么熟悉。

他宁愿困于梦中，不再醒来……

可是，我们都知道，再美的梦，也会醒来。

人间无你，何以清欢？

入骨相思知不知

——唐代·鱼玄机《江陵愁望寄子安》

枫叶千枝复万枝,江桥掩映暮帆迟。
忆君心似西江水,日夜东流无歇时。

长安城,花间月下,诗文风雅,一场繁华,一场水月镜花。

咸宜观,女子跪在三清像前,口中默念着经文,心中想着红尘。

李亿,可还安好?

温庭筠,可还安好?

她生命中最重要的两个男子,可会记得她?

此时,再也无人唤她"鱼幼薇",他们唤她"玄机",鱼玄机。

过往如梦,刻骨铭心的梦。

鱼幼薇,生于庶民之家,聪敏善学,饱读诗书,十岁便已名满长安。她遇见了人生中的第一位贵人——温庭筠,写下"玲珑骰子安红豆,入骨相思知不知"的大唐诗人。

一个是不惑之年的师者,一个是豆蔻年华的少女,是劫难,是因果。他慕名而来,收她为弟子,教她作诗、习字,不知不觉间,互生情愫,他们彼此都知道,那是一种不可言喻的情。

她爱他,不露痕迹。

他爱她,永不承认。

这种爱,是卑微的,是沉默的。那个风华绝代的鱼幼薇,成为无数大唐男子的心上朱砂,却成不了温庭筠的指尖月光。也许,他们都在等待时机,一个放弃的理由。

那年春日,师徒二人一同游览崇贞观,正遇新科进士在观壁上题诗,鱼幼薇望着壁上之诗,只恨自己是女儿身,无法参加科考,趁着无人之时,她题上一首七绝:"云峰满月放春晴,历历银钩指下生。自恨罗衣掩诗句,举头空羡榜中名。"

她的恨,她的羡,都写进了诗里,她放下笔,回身看着温庭筠,低声问:"我写得好不好?"

"好。"他的赞许很简单,却能让她欢喜很久。

几日后,温庭筠带她见了一个人——李亿,字子安,新科状元。

温庭筠引李亿到鱼幼薇面前,语气温和地介绍:"这位是李子安,这位是鱼幼薇。"

鱼幼薇恭敬地行礼，盈盈一笑，说："见过公子。"

李亿凝视着她的眉眼，悸动不已，紧张地道："终于……终于寻到你了！"

"寻我？"她一脸诧异。

"寻你。"他满眼深情，似夏日的星河，似山间的晚风，他道，"'自恨罗衣掩诗句，举头空羡榜中名。'我曾在崇贞观读过你的诗。"

原来如此。原来他是为她而来的。

鱼幼薇看向温庭筠，隐约感觉到，她要离开他了。

他爱她，又不愿接受她，便将她交给了另一个男子。

这一刻，他们等了许久。难道不是吗？彼此都在等待一个放弃的理由，或是她嫁人，或是他娶妻，为这段感情画上一个遗憾的句号，或是残忍的问号，又或是悲伤的叹号。总之，他们都在等着另一半放弃，却又不愿做那个先放弃的人。

庆幸，李亿出现了，他是青年才俊，前途无量，对她又是一片痴情。

温庭筠极力撮合着这段姻缘，他只想为她寻得合适的归宿。

一个是永远不能爱的师长，一个是今生可托付的郎君，鱼幼薇很快便做出了选择，断了旧爱，择了新人。

桃之夭夭，灼灼其华，李亿如愿娶得美人归，其实，不当用"娶"，而该用"纳"。他在江陵老家早有夫人裴氏，这是众人皆知的事情，即便如此，他还是称鱼幼薇为"夫人"，长安城的夫人。

日暮之时，一顶小轿将鱼幼薇抬进了林亭之中的别院，新婚宴尔，如胶似漆，他们度过了一段无忧无虑的时光。然而，好景不长，裴氏听闻夫君高中状元，命人送来一封封家书，催促李亿接她入京。

　　鱼幼薇未曾见过裴氏，只记得李亿提起那位夫人时，总有畏惧之色。李亿收到家书后，一刻也不敢耽误，立即动身去往江陵，这一去，久久不归。

　　庭院深深，只剩下鱼幼薇一人，月下孤影，独自徘徊。她也会担忧，也有迷茫，也会写下一首又一首的情诗送往江陵，如这首《江陵愁望寄子安》：

枫叶千枝复万枝，江桥掩映暮帆迟。
忆君心似西江水，日夜东流无歇时。

　　深秋的枫树千枝万枝，西风穿林而过，阵阵悲凉，江桥掩映于枫林之中，离人的船未见归来。那女子守在江畔，等得焦灼，等得无奈，思念宛若江水延绵不绝，江水日夜东流，相思日夜不休。

　　这是她的情，她的念。长安，有他的仕途，他一定会归来。只是，归来的他，还是曾经的他吗？

　　几个月后，李亿携裴氏来到长安。

　　妒忌是一种恨，是纷扰的源泉。裴氏，这位明媒正娶的嫡妻，一入长安，便对鱼幼薇冷嘲热讽。同住一个屋檐之下，裴氏对她或打或骂，甚至逼李亿写下休书，将鱼幼薇赶出家门。

她曾是那么骄傲的女子，如今，竟沦为整个长安的笑话。

李亿不忍她流落在外，便寻了一处栖身之所——咸宜观，将她安顿于此，并告诉她："总有相聚之日。"

此后，世上再无鱼幼薇，她有了道号"玄机"。

自她入观以后，咸宜观的香客便络绎不绝，来者皆是长安的文人墨客，他们争相拜访，只为一睹才女风姿。她见了许多人，听了许多话，未有一人一言打动她的心。她坚信，李亿会来找她。

等了一年又一年，从满怀希望等到几近绝望，终于，她明白了，所有的等待都是一场空。

那个人早已带着夫人离开了长安。不告而别，未曾留下只言片语。

清醒，总在一瞬之间。她不再执着于旧情，亦不再压抑欲望，她开始饮酒作乐，迎来送往，周旋于各种男子之间。街巷之中，皆是她的风流韵事。

道袍之下，是红尘，是风月。

心中无爱，便无牵挂。她怀着恨意，写下了那首《寄李亿员外》：

羞日遮罗袖，愁春懒起妆。
易求无价宝，难得有心郎。
枕上潜垂泪，花间暗断肠。
自能窥宋玉，何必恨王昌？

这世上，无价之宝易求，有情郎君难得。既有倾国倾城之貌，自能得到宋玉这般的才子，又何必怨恨王昌呢？

求不来真情，便逢场作戏吧！她要爱，要更多的爱，再将爱她之人弃之如敝屣，将真情狠狠践踏。世人咒骂又如何？她依旧是长安城中盛开的桃花。今日，这位公子说着"一生一世"，明日，那位少爷念着"白首不离"，她听了，只是笑笑，一字也不相信。她堕落了，任由自己坠入深渊，醉时把酒吟诗，醒时春风一度。

鱼玄机亲自培养了一个侍女绿翘。她年轻貌美，娇憨可爱，像极了年轻时的自己，让鱼玄机又是信任，又是嫉妒。

那日，她出门赴宴，临走前嘱咐绿翘："若有客来，可告知我的去向。"

绿翘应下，暮色之时，鱼玄机回到道观，绿翘道："今日只有陈乐师来访，知你不在，便离去了。"

陈乐师，陈韪，鱼玄机的情人。从前，若她外出，他总会耐心等待，为何今日会离去？

绿翘说谎了。

鱼玄机看向绿翘，只见她面色潮红，举止异样。不必多问，也知她与陈韪做了什么苟且之事。

再美的花容，若染了嫉妒，也会变得丑陋。那一日，鱼玄机失了气度，也失了理智，她拿起鞭子，笞其百下，竟将绿翘活活打死。

公堂之上，鱼玄机被判斩首，那短短的二十五岁人生，便这般结束了。

刑场围满了人群,他们的眼神,或是怨恨,或是怜惜,或是好奇。

"那就是鱼玄机吗?"

"她可真美!可惜啊,可惜!"

"一介毒妇,不知廉耻。"

鱼玄机缓缓抬起头,晴空万里,秋风微凉,她贪婪地呼吸着,享受人间最后的美好。俄然,她于茫茫人群中,看见了故人,她的老师,温庭筠。

他老了,双鬓已白,饱经风霜。

她不愿以这样的方式重逢,更不愿以这样的方式永别。她忽而有些不舍,不舍繁华人世,不舍红尘故人……

回首一生,爱恨别离,恍若一场梦。爱得刻骨铭心,痛得撕心裂肺,活得一文不值。若说恨,此时已然不恨,若说爱,此时不敢言爱。

后悔吗?如鱼饮水,冷暖自知。

那年秋,长安城最美的桃花染了血,凋零成尘。

可叹云英未嫁

——唐代·罗隐《赠妓云英》

钟陵醉别十余春,重见云英掌上身。
我未成名卿未嫁,可能俱是不如人。

重逢,应以何种心态面对曾经的爱人?是伤感?是欢喜?还是厌恶?你我皆是凡人,历经千帆,再次相见,或是形同陌路,或是相视一笑。

那年,罗隐再过钟陵,秦楼楚馆,灯火如旧,隔着一条长街,也能听见玉珠走盘的琵琶声。

他走近时,望见了那抹熟悉的身影。也许,这就是缘分。人山人海,他再一次为她驻足。时隔多年,她的样貌并未苍老,只是眉宇间多了一丝忧愁,台上佳人高歌一曲,台下客官寥寥无几,他细细听着,才发觉,原来,她的歌喉已不似从前清丽。

一曲罢，她走下台，在喧闹的人群中，一眼便认出了他。一袭青衫，一柄纸扇，依旧是当年的样子。

两个人静静地对望着，带着感动，带着思念。那一刻，时间仿佛停止了流逝，这世间只剩下他们二人，默默地回忆着从前。

从前，有多遥远？那是十几年前的故事了。那时候，他的名字还叫罗横，字昭谏。书生青春正茂，胸怀大志，欲赴京参加科举，途中路过钟陵，在宴席上结识了名妓云英。

此后，便有了一段短暂的情缘。二人泛舟观星，檐下吟诗，闭门听雨，像极了深爱多年的恋人。仅仅，是"像"而已。他们清醒地知道，一个书生，一个名妓，她不可能为他从良，他不可能为她停留，没有结果，没有未来。

情浓之时，也分不清哪些是真情流露，哪些是逢场作戏。他也曾拥她入怀，对酌美酒，一同憧憬未来，醉了，满是豪言壮语，满是深情承诺。他道："待我蟾宫折桂，定为你赎身，纳你为妾。"

若是不谙世事的小姑娘听了这些话，一定会怦然心动，可云英是风月之地的女子，早已看透了人性的虚假与凉薄。她听着那些话，只是淡淡地笑了笑，冷声道："我才不要为人妾室，我只嫁良人。"

他们什么都懂，什么都明白。一个想着功名利禄，一个想着明媒正娶，明知给不了彼此未来，却也难以割舍情缘。他们享受着片刻的温存，也一次次警告自己：不可留恋，不可依赖。

临别时，道完"不舍"，又道"珍重"。他们留在了彼此的心中，成为回忆，成为伤痕。

原本以为今生不会再见，怎知十几年后，缘分又让他们遇见。他又回到了钟陵，又走过了长街，许是为了怀旧，许是为了重逢。他的心情是那般矛盾，盼望相见，又惧怕从前，终是犹犹豫豫，闭口不言。

良久，云英打破了沉默，她笑道："书生，这么多年了，你怎么还是布衣？"

罗隐凝视着她，苦笑道："这么多年了，你不是也未嫁吗？"

这是斗嘴？还是感慨？或许，更多的是悲伤吧！十几载过去，他们的心愿还是未能达成。书生无功名，名妓无良人，留不住时光，等不来爱人，皆是半生蹉跎的失意者，蒙尘的心已回不到从前。

这些年，他参加了十多次进士试，全部铩羽而归。十试不第，他早已心灰意冷，再无当年的热血，因此，改名为罗隐。而她，迎来送往，夜夜笙歌，烟花之地岂有良人？她已不信人间有真情。

他们都变了，变得不善言谈，不喜风月。回廊处，他们只是静静地站在那里，没有吟诗，没有弹琴。此时的沉默，胜过千言万语。

他挥笔写下一首诗："钟陵醉别十余春，重见云英掌上身。我未成名君未嫁，可能俱是不如人。"

一别十余载，我未成名，君未嫁人，大概是我们两个都不如别人吧!

真的不如别人吗?他也曾寒窗苦读,她也曾真心相待,可结果呢?书生屡试不第,佳人遭人背弃。倘若那时候,他没有追逐功名,或许也会娶她为妻,成为她的良人。

错过了,便错过吧。我们将没有结局的爱情,称为孽缘,既无法忘记,也不敢回忆。

离开时,他声音颤抖地唤了她的名字:"云英。"

她没有回头,是因为她不忍去看那双沧桑的眼眸,也不愿去面对迟来的关心。

后来,坊间流传着一个成语,云英未嫁。人人都知道,那个未嫁的女子,是罗隐心上的朱砂痣。那么,云英为何未嫁?是不是也在等着一个人?

缘起,在人海中,我看见了你,缘灭,我看见了你,你在人海中。

忽然想起《匆匆那年》的最后一段歌词:"如果过去还值

得眷恋,别太快冰释前嫌,谁甘心就这样,彼此无挂也无牵,我们要互相亏欠,我们要藕断丝连。"

离开的人,要走向各自的道路,哪怕重逢,也终将各奔东西。我们唯一的牵挂,是曾经的爱,是离别的泪,生生世世,铭刻于心。

往来曾见几心知

——宋代·李禺《两相思》

枯眼望遥山隔水,往来曾见几心知?
壶空怕酌一杯酒,笔下难成和韵诗。
途路阻人离别久,讯音无雁寄回迟。
孤灯夜守长寥寂,夫忆妻兮父忆儿。

长夜寂寥,华灯初上,冷月之下的人间,几家欢喜几家忧。

那男子的酒已经饮尽,那心中的愁还未诉说。

他并非王侯将相,也非名士墨客,只是一个名不见经传的小人物,却于这个寂静的夜,写下了一首千古奇诗。

长相思,那么远,那么近。

"枯眼望遥山隔水",那一定是很远的距离吧?那一定是很深的思念吧?隔着多少山水,一双枯眼静静地望着远方,不知望了多久，不知遇了几人，只叹，人来人往，曾见几位知心人？

漂泊在外，难遇知己，最是孤独的时候，他便遥望山水，却无人知晓他在想什么。比起儿女情长，男子更喜志在四方，于是，便有了夫妻分离，两地相望。有得必有失，世间之事大抵都不能圆满。

他的酒壶已空，怕难再斟出一杯酒，提笔书写，也难作成和韵诗。酒不成酒，诗不成诗，太多的愁绪占据了内心，落笔之时，泪眼婆娑，如何成书？

路途遥遥，别离已久，彼此音讯全无，书信迟迟未能寄回，相思一句，待到何年何月能知？长夜漫漫，冷落寂寥，孤灯之下，他想起了妻子、儿子，"夫忆妻兮父忆子"，只叹寒来暑往无归期。

这首诗的妙处在于它是一首回文诗，顺读是夫君写给妻子的《思妻诗》，倒读便是妻子写给夫君的《思夫诗》，虽然空间与人物全部转换，但思念却更深刻。

儿忆父兮妻忆夫，寂寥长守夜灯孤。
迟回寄雁无音讯，久别离人阻路途。
诗韵和成难下笔，酒杯一酌怕空壶。
知心几见曾来往，水隔山遥望眼枯。

故乡，那个女子已等了许久，如他一般苦苦遥望，东方有山川，南方有河流，北方有冰雪，西方有风沙，可惜，她不知他走到了何方……

儿忆父，妻忆夫，这一次，是她在思念他。

同样的寂寥深夜，同样的孤灯微光，她坐在廊下，将在思念中度过凄凉的长夜。夫君迟迟不归，杳无音讯，离别如此之久，只因路途阻人。她的诗已经作成，却难以下笔，不忍写下那些思念的文字。

她饮过一杯浊酒，想再饮时，却怕酒壶空了，无酒消愁。纵然知道他的真心，可隔着重重山水，不能相见，只能望着，望着，直到泪水干枯，愁肠又断。

他不仅写下了自己的情，还写下了妻子的爱。一个望，一个盼，相同的时间，不同的地点，一举一动，一思一念，竟如此相同。即使相隔天涯，心也紧紧相连。

李禺，芸芸众生中的凡人，只留下了一首奇诗，一个名字，一往情深。虽不及名家大儒，却有一种难得的情感，是细水长流的爱情，是粗茶淡饭的欢喜，是望穿秋水的相思。这爱，有着移山填海的力量。

正是相思不敢言

——宋代·黄庭坚《蓦山溪·赠衡阳妓陈湘》

鸳鸯翡翠,小小思珍偶。眉黛敛秋波,尽湖南、山明水秀。娉娉袅袅,恰近十三余。春未透,花枝瘦,正是愁时候。

寻花载酒,肯落谁人后?只恐远归来,绿成阴、青梅如豆。心期得处,每自不由人。长亭柳,君知否?千里犹回首。

衡州,一夜秋雨,花枝凋零。

小楼之上,已无美酒,已无墨痕,那玉炉中溢出的檀香凝成了故人的模样。女子指间的团扇,随着微风轻轻摇晃,她又哼唱起旧时的曲调,轻轻地,淡淡地,飘向寻不到的远方。

她又思念他了。思念,是风花雪月的梦,是执手别离的愁,是相思断肠的痛。

一年前,黄庭坚被贬谪宜州,途径衡州,衡州太守曾敷文久慕其才，遂相留数日。

那时，她只是衡州军中的官妓，名为陈湘。官妓，或是富贵人家抄家后的女眷，或是自小培养的，为了迎合官员们的喜好，她们需善歌舞，懂诗书。官场的应酬宴会，官妓总在一旁侍候，看似锦衣玉食，其实不过是男子的掌中玩物。

她虽年纪尚小，却已是才貌出众。烟花柳巷，姹紫嫣红，她的喜怒哀乐皆是风情，引得多少人间才子为之轻叹。

太守曾敷文喜爱书法，欲求黄庭坚墨宝，又不便亲自出面，于是命陈湘以学习小楷为名，求取黄庭坚手迹。那个时代，有了美人，有了才子，便有了故事。

她叩响了书房的门，他展开了轻薄的纸，缘分就这样开始了。

她道："奴家陈湘，湘江的湘。"

陈湘是带着任务而来的，刻意地接近、奉承、迎合，又是弹琴，又是舞蹈，自以为毫无破绽，却不曾想，他久经官场，一眼便识破了小女子的心思。

他笑问："你到底想要什么？"

闻言，小姑娘忽而脸颊泛红，微微低下头，声若蚊蝇地道："大人的墨宝。"

黄庭坚含笑提笔，挥墨成词，作《阮郎归》一首，词云：

盈盈娇女似罗敷，湘江明月珠。起来绾髻又重梳，弄妆仍学书。

歌调态，舞工夫，湖南都不如。他年未厌白髭须，同舟归五湖。

这是写给她的词,称她为"湘江明月珠"。他对她是一见钟情。她的风姿,她的谈吐,她的青春,都深深感染着他。只可惜他们相识太晚,他已生白发,而她青丝如墨。人生的遗憾总是这样,要么在对的时间,遇到了错的人,要么在错的时间,遇到了对的人。没有错过,只是不甘,怨恨命运弄人,才让多情人空负了一场流年。

那段日子,他们携手同游山水,归来共写诗篇。花前月下,有她婆娑起舞的身姿,有她绕梁三日的歌声,有她娟秀端凝的小楷。她也会说起自己的从前,她也会道出自己的心愿。他默默地听着,想着自己的人生,仿佛已看到了尽头,而她的人生,才刚刚开始。

他爱慕她,也羡慕她。陈湘亦是如此,她爱慕他的才华,羡慕他的经历。年少时遇见如此惊艳的人,余生又该如何度过?

那夜,她望着窗外春雨,想到了离别。若有一日,他离开了……

不曾想,这一日,竟来得如此之快,似风过,似星陨。她以为,他们还有很长的时间,至少,不会这么短暂,短到,她

要用回忆来拼凑余生的日子。

临别时，黄庭坚又为她作了一首词："鸳鸯翡翠，小小思珍偶。眉黛敛秋波，尽湖南、山明水秀。娉娉袅袅，恰近十三余。春未透，花枝瘦，正是愁时候。寻花载酒，肯落谁人后？只恐远归来，绿成阴、青梅如豆。心期得处，每自不由人。长亭柳，君知否？千里犹回首。"

雄者为鸳，雌者为鸯。翡，赤羽雀也，翠，青羽雀也。鸳鸯、翡翠皆为偶禽，成双成对。她眸似秋波，眉似远山，一双眉眼，藏着山水之明秀。她是那般年轻貌美，"娉娉袅袅，恰近十三余"，情窦初开的年纪，花枝般苗条的身姿，正是多愁善感时。

寻芳问柳，载歌载酒，又肯落于谁人后？只可惜，相识太晚。他走了许多的路，终于来到她的世界，却已是垂暮之年，只见黄昏，不见朝颜。

如今，他要远去，犹恐别后无期，归来之日，花已成泥，叶已成荫，青梅满枝，美人已有归宿。"心期得处，每自不由人"，他的心中何尝没有期望？期望着红袖相伴，期望着岁岁年年，只是，人生实难，命不由己。

若给她留了希望，又让她空等一场，倒不如从一开始，就没有希望。长亭柳，君知否？虽走了千里，离人依然频频回首。

那位折柳的女子，还在望着古道芳草，望着一场无果的爱情。

她的爱，何尝不痛苦？

你爱过这样的人吗？你看得到未来，看得到结局，还是爱得执着，如寒冰拥抱暖阳，在热烈与纠缠中，走向别离。

也许，我们注定走不到最后，可我还是愿意，陪你走过这段时光，哪怕结局如此悲伤。

宜州，一场喧闹的宴席过后，只剩下如水的静谧。

黄庭坚又想起那位故人。别后多相思，她过得如何？可还会于长夜久久无眠？

到了宜州，他又写下一首《蓦山溪·至宜州作，寄赠陈湘》，词云：

稠花乱叶，到处撩人醉。林下有孤芳，不匆匆、成蹊桃李。今年风雨，莫送断肠红，斜枝倚。风尘里，不带尘风气。

微嗔又喜，约略知春味。江上一帆愁，梦犹寻、歌梁舞地。如今对酒，不似那回时，书谩写，梦来空，只有相思是。

他怀念那时的歌舞，那时的美酒，如今虽能对酒，却不似那时。也许，只有离去后，才是最相思。然而，他仅仅寄去了一封书信，只言相思，不言来日。他的来日，还有多长呢？

数着深秋的落叶，东风过，已是霜花满梧桐。一年后，黄庭坚客死宜州，终年六十一岁。幸而，他未给过她承诺，否则，这世间又多了一位惆怅客。

衡州，陈湘时常会想起他。她敬他，爱他，她什么也不说，什么也不求，他是她一生难以忘却的诗人。

爱，不是不能说，而是不可说。

此身已轻许

——宋代·戴复古妻《祝英台近》

惜多才,怜薄命,无计可留汝。揉碎花笺,忍写断肠句。道傍杨柳依依,千丝万缕,抵不住、一分愁绪。

如何诉?便教缘尽今生,此身已轻许。捉月盟言,不是梦中语。后回君若重来,不相忘处,把杯酒、浇奴坟土。

人间朝暮,落叶知秋。

那是一个压抑的夜晚,女子孤身走过未名湖畔,想着曾经的誓言,皆未兑现。

水是清寒,心有阑珊,风过,芦花如雪乱,拂了一身还满。情之一字,太难,思来想去,不如了断。

她的了断,是断了今生,一朝逝去,缘与劫就此消散。

曾记,他们相识于燕语呢喃的阳春,柳絮风轻,梨花雨细,既见君子,云胡不喜。

那日,她的父亲读到了一篇诗文,甚是惊叹,遂寻遍全城,找到了作诗之人。

厅堂中,女子的父亲以礼相待,问他:"后生贵姓?家住何处?"

他道:"姓戴,名复古,字式之,天台道黄岩县南塘屏山人士。"

戴复古,一个贫寒之家的书生,父亲戴敏,一生以诗自适,不肯求科举,于诗坛颇有声誉。而他,一如其父,耿介正直,宁作无名后生,也不奉承迎合,遂漂泊于此。

女子的父亲爱惜其才,不忍其流落无依,便留下了他。

一个是千金闺秀,一个是风流书生,郎才女貌,朝夕相见,日久,便有悸动,有情愫。她会捧着诗书,向他请教古人之语,也会绣了香囊,悄悄放在他的书房。回眸是情,颔首是念,如何不相思,如何不成双?

于是,女子的父亲将她许配给他。

那场盛大的婚礼轰动全城,华灯结彩,满堂欢喜,人人都道"般配"。烛火之下,他拥她入怀,他一字一句说着誓言,如温柔春风,深情入骨,她怎会怀疑他的爱呢?更何况,月下缠绵,镜前画眉,早让人沉迷,谁会舍得怀疑他的爱呢?

她爱他,是因为她的世界只有他,是因为他的眸中全是她。结发为夫妻,恩爱两不疑,她从未怀疑过他,可他却亲手编织了一个谎言,骗了她整整三年。

她想着:或许,他们会儿女双全;或许,他们会相依到老；或许，……

终于有一日，所有的"或许"都结束了，她的梦与爱皆化为泡影。

夫妻三载，许是到了三年之痒，他厌倦了，乏味了，他不再欺骗了，他道："其实，我早已娶妻了。"

闻言，她如坠深渊。他已有妻子，那么，他们在武宁的三年，到底算什么？是暧昧？是利用？是欲望？还是一时兴起？他们拜过天地，金屋交杯，同床共枕，这些都是假的吗？现在，他竟然告诉她，他与另一个女子也做过同样的事情。到底，谁才是明媒正娶的妻子？

他又道："我该归家了。"

家？原来，这里从来不是他的家。如今，他要回到属于他的天地，挽着另一个女子的手，举案齐眉，白头偕老。一切听起来是那么合理，又是那么可笑。

他竟然欺瞒了那么久，更可恨的是，既然瞒了，为什么不永远瞒下去？他的一句"我已有妻"，让她沦为全城的笑话。

父亲闻之，更是怒不可遏，那一刻，什么体统、颜面、生死全都顾不得了，他只要夺回女儿的尊严。

可是，这个薄情之人去意已决，绝非权力、金钱、感情所能挽留。她知道，即便继续纠缠，也毫无意义，若闹得满城风雨，难堪的只有自己。既然无法留住一个不爱之人的心，不如便放手吧！就当他从未来过，她也未爱过。

她的神情异常平静，仿佛一个置身局外之人，先是婉言劝解了父亲，又将妆奁打开，将嫁妆全部赠予戴复古。

临别时,她写下了这首《祝英台近》。

当年,爱惜郎君的才华,如今,怜惜自己的薄命,纵然千方百计,也无法相留。不知揉碎了多少花笺,才忍痛写下这诀别的断肠语。

杨柳依依,千丝万缕,她的愁绪却胜过柳丝千万倍。她将所有的心事,化为三个字:如何诉。

他们的故事该从何说起?这复杂的往事,一半是蜜糖,甜得腻喉,一半是黄连,苦得难言。似乎从哪里说起,都是错。有些事情,有预感,都知道,也明白,只是还愿意相信一个承诺,等待一个结果。所以,到底是哪里错了呢?是时间?还是人心?那个答应一生一世的人,终究还是走远了。

这故事无从说起。今生今世,缘分已尽,只恨此身如此轻率地许给了他!可哀,可笑,可怜……

还爱吗?爱吧!不爱的话,怎会生出恨呢?恨他欺骗,恨自己命薄。

"捉月盟言",这是关于月亮的誓言。原来,在古代,就有人曾说过:"只要你喜欢,哪怕是天上的月亮,我都会摘下来给你。"

这誓言是他亲口所说，并非梦中之语。可仅仅三年，誓言成空，换作一句："对不起。"

道歉有何用？已经选择了伤害，又何必心怀歉意？这句道歉，听起来何其虚伪。

词的最后，已经暗示了死亡："后回君若重来，不相忘处，把杯酒、浇奴坟土。"

倘若你能重来此地，如未忘情，请将酒浇于我的坟土之上。

她也试图放下尊严，以卑微的姿态挽救这场爱情，可是，他读过词后，还是离去了。

前尘如酒，这酒中有陈年的情，有离别的恨，有相思的苦，有清醒的伤，不愿回首，回首皆是萧瑟。

那夜，湖水真的很凉，她却毫不犹豫地跳了下去，同她的故事一起消失在了世间。

她何尝不知水有多寒，她何尝不怕黑暗席卷？可她更怕，活着的日日夜夜，饱受流言蜚语之苦，忍受爱而不得之痛，昔日越是美好，今时越是痛苦，如鲠在喉，如饮鸩酒。

回忆与时间，大抵是世间最可怕的存在。岁月漫长，回忆深刻，似在故意折磨着人的灵魂，直到花落人亡，人间沧桑。她不愿沦为命运的囚徒，便选择了一条没有归程的路。

如果爱情从来没有欺瞒，那结局是否会圆满？

她永远也得不到答案，因为，这问题，本没有答案。

爱而不得，才是人间常态吧！

十年之后，戴复古已诗有所成，他归来时，在她的坟前写下了一首《木兰花慢·莺啼啼不尽》：

莺啼啼不尽，任燕语、语难通。这一点闲愁，十年不断，恼乱春风。重来故人不见，但依然，杨柳小楼东。记得同题粉壁，而今壁破无踪。

兰皋新涨绿溶溶，流恨落花红。念着破春衫，当时送别，灯下裁缝。相思谩然自苦，算云烟、过眼总成空。落日楚天无际，凭栏目送飞鸿。

还是莺啼燕语的春时，只是已过了十年，再遇春风，满心伤怀。杨柳依旧，小楼如昨，然故人已逝。

尤记得当年二人在粉壁上题诗的情景，而今破壁残垣，往日笔迹无处可寻。院中，入目荒凉，兰草丛生的涯岸，又生起一片碧绿溶溶，凋落的红花随水漂去。

他瞧着自己身上破旧的春衫，想起当年送别之时，她在灯下连夜裁剪新衣的样子。不见故人，相思只是徒然自苦，往事如云烟，过眼皆成空。

暮色沉沉，楚天无际，他只能凭栏目送飞鸿远去。

这一刻，他的心里究竟想着什么？那远去的鸿雁，恰如无法追回的过去，此时的悔恨，又有何意义？从此再无相逢日，终是一人度春秋。

从今后,断魂守

——宋代·徐君宝妻《满庭芳》

汉上繁华,江南人物,尚余宣政风流。绿窗朱户,十里烂银钩。一旦刀兵齐举,旌旗拥、百万貔貅。长驱入,歌楼舞榭,风卷落花愁。

清平三百载,典章文物,扫地都休。幸此身未北,犹客南州。破鉴徐郎何在?空惆怅,相见无由。从今后,断魂千里,夜夜岳阳楼。

阳春四月,大抵是人间最美的时节,温暖的风拂过眉间,柔和的雨洒在花前,入目可见杨柳堆烟,回首可遇佳人相伴。

然而,对于岳州百姓来说,南宋恭帝德祐元年(1275年)的四月,如同炼狱,亦似熔炉,战乱荒芜了整个春天。

元将阿里海牙率兵攻入湖南岳州,从此,岳州再无安宁。荒凉的古道上,是难民逃亡的身影,是军士战败的残骸,人们日夜奔走，也不知逃往何处。

夜里，人们躲在古树下，男女老幼依偎在一起，有一句没一句地聊着。

"听说，临安失陷了！"

"那可是京城啊！"

"京城又如何？宋军败的败，降的降，元军入城便俘了五岁的小皇帝。"

"那可是皇帝啊！咱们大宋的皇帝啊！"

人们顿时沉默了，想起被烈火焚烧的故土，心中涌起无限悲愤。良久，人群中传来一声叹息："大宋早就没皇帝了！"

一个苟延残喘的王朝，怎是王朝？一个懵懂无知的帝王，怎是帝王？

不远处，一个女子静静地听着他们的谈话，没有反驳，也没有表达，眸中浸着的酸楚，像极了一地凋零的花。

她本出身书香门第，懂诗书，知礼仪，后嫁徐君宝为妻，二人比翼连枝，鸾凤和鸣，若无战乱，他们也将执手一生。兵乱中，他们那般努力地挽住彼此的双手，却还是失散了。

天涯明月，此时，他又在何处？

清晨，元军将难民包围，他们的目光扫过人群，似乎在寻找什么。

女子小心翼翼地藏在人群的后面，随手抓起一把泥土，胡乱地涂抹脸颊，掩盖了原本的容貌。即便如此，元军的主帅还是一眼就看见了她，下令强行将她掠走，自岳州押解到杭州，扣押在抗金名将韩世忠的故居。

韩世忠出身贫寒，十八岁时应募从军，抗击西夏、金朝，护佑一方安宁。后来，发生靖康之变，他拥戴赵构为帝，重建宋朝，可惜，朝廷主和，秦桧误国，他为人耿直，不肯同流合污，遂奏请告老，晚年闭门谢客，口不谈兵，悠游西湖以自乐。一代良将，终是未能实现心中所愿。昔日的将军府何等荣耀，如今竟被元军占领，又是何等屈辱！可怜将军白发，多少白骨英魂，未能守住大宋疆土。

深宅寂寥，屋宇错落，自被俘以来，女子日夜难眠，心惊胆战，元兵主帅对她馋涎欲滴，数次想侮辱她，每一次都被她以计脱身。然而，这样的日子又能持续多久？她躲得了一时，却躲不了一世。

那夜，她望着庭前的一池秋水，想到了自己的结局。

生与死不过是一念之间，她并未急于赴死，只因心中尚有牵挂之人。倘若再等等，或许还有奇迹，或许还能相逢。

虽然，希望渺茫，虽然相逢无期，可她还想再等等……

就像在寒冬中等待花开，就像在绝境中等待光明。

终于有一日，她的拒绝，她的反抗，引得元军主帅大怒，企图强行侵犯她。

她从容不迫地道："俟妾祭谢先夫，然后乃为君妇不迟也。君奚用怒哉！"

她以"先祭相公，再嫁主帅"为由，为自己争取了最后一点儿时间。

主帅欣然应允。她身着盛装，焚香祭祀，又面朝南方，无声悲泣。其实，她也不知相公是生是死，若是生，便祝他一世平安，若是死，便愿他魂归故里。

她于墙壁上题了一阕《满庭芳》。

"汉上繁华，江南人物，尚余宣政风流。"汉上，是指江汉流域，是她的故乡。江南，是指长江中下游流域，是南宋的江山。南宋也曾繁华如梦，人物如云，更重要的是，南宋文明源于北宋。政和、宣和都是北宋徽宗的年号，北宋虽已灭亡，南宋却保持着徽宗时的流风余韵。

千里长街，朱户绿窗，帘钩光亮，这是刻在记忆深处的大宋，长街上，有白衫少年策马而过，朱户里，有达官贵人饮酒对酌，绿窗前，有窈窕佳人梳理云鬟。总以为，脚下便是净土，总以为，战争离他们很远……

直到元军入侵，刀兵齐举，百万敌军势如洪水猛兽，铁骑长驱直入，占领了秀丽江南，如狂风席卷落花，愁煞多少百姓。

繁华与倾颓，仿佛是一夕之间的事情。旧时越是美好，回忆越是痛心，她虽为女子，却也知亡国之耻，流离之恨。

"清平三百载"，北宋亡于金，南宋亡于元，清明太平三百年，璀璨文化三百年，可怜战事起，皆扫地俱休，荡然无存。幸而，她未被掳去北方，还居江南。

只是，天地茫茫，徐郎何在？不知生死，不知去向，她只能独自惆怅，叹句："相见无由。"

此生，他们再无理由相见。她于乱世中苟活至今，只为重

逢之日，可惜，她等不到那一日了。她即将踏上黄泉之路，从今以后，若要相见，断魂须越过千里，回到岳阳故土，回到爱人身旁。魂兮，梦兮，夜夜岳阳楼，夜夜长相思。

她默默地凝视着这首词，字字血泪，是国仇家恨，是相思情长。此时，唯一的不舍与遗憾，便是徐郎。或许，有一日，他会来到这里，认出她的字迹，读懂她的深情，那时，他也会为她落下千行泪。

这是她的绝笔，亦是她全部的爱。

爱人，生命的最后，我只想告诉你：我曾爱过你，我曾等过你。

"徐郎啊徐郎！"她心中唤了一遍又一遍，最后，从容地扔下笔，转身投入深池。江南的池水并不冰冷，悄悄地带走了她的生命。

她未曾留下名字，旁人只听她提起过她的相公，她道："他叫徐君宝，岳州人士。"

这句话，她不知说了多少遍，以思念的语气，缓缓念着他的名字，直到声音沙哑，直到哽咽难言。她时常谈起他们的往事，末了，望向没有月光的夜空，伤感地叹道："今生，怕是无缘相见了。"

什么是离别？字典中给出的解释是，比较久地跟熟悉的人或地方分开。这样的离别，一生到底要经历多少次？最无奈的是，我们以为的离别，却成了永别。

倘若，你走过我来时的路，路的尽头，我们总能相逢，那时，你将看见满墙的文字，那是为你而书。

醉眼看山百自由

——元代·管道昇《我侬词》

尔侬我侬,忒煞情多,情多处,热似火。

把一块泥,捻一个尔,塑一个我,将咱两个,一齐打破,用水调和。

再捻一个尔,再塑一个我。

我泥中有尔,尔泥中有我。我与尔生同一个衾,死同一个椁!

吴兴城,瞻佛寺,香客又多了许多。

他们来此,并非为了祈福,而是为了观一幅画。这是几日前,才女管道昇所绘的《竹石图》,其竹纵横苍秀,绝无闺秀女子之态,自然引得游人驻足观赏。

如神仙中人的吴兴才子赵孟𫖯也来了。趁着暮色,孤身而来。暮色中,那粉壁上的墨竹染了一丝昏黄,少了几分寒气,多了几分柔和。

他细细地看着，早已忘记了时间，忽而，听见身后传来女子的感叹："赵公子观画好生入神啊！"

他寻着声音回眸，只见古老的屋檐下，站着一位素净的女子，清姿秀骨，不施脂粉。她的美，越过凡尘俗世，轻轻地落在他的心间，又轻轻地飘向寂静的远方，令人一阵悸动，一阵彷徨。

她便是管道昇，他最熟悉的陌生人。赵家与管家是同乡，二人虽相识已久，却相谈甚少。

此时，也许，他该走上前，对她说些什么，但他又不知该说些什么。

正在犹豫之时，那抹月白色的身影已经穿过回廊，离他而去。他疾步追过去，却只望见被晚风吹起的裙摆，绣的是一团团盛开的梧桐花。

赵孟頫，字子昂，号松雪，宋太祖之子秦王赵德芳之后，读书过目辄成诵，为文操笔立就，才气英迈，气质脱俗。那日瞻佛寺匆匆一面，竟让他长夜难眠……

次日，赵孟頫来到管家，拜访家主管伸。管氏乃是春秋管仲之后，自齐避难于吴兴，颇有贤名。管伸性情洒脱，更有侠义之名，结交了不少文人雅客。

二人品茗之时，管伸笑道："我有一女，聪慧过人，甚奇之，不过，若与你相比，终是不及。"

赵孟頫谦逊地道："管公谬赞了。"

管伸又道:"你有经世之才,日后必贵,我有意将女儿许配于你,不知你意下如何?"

闻言,他惊喜交集,一时竟不知如何作答,只能恭恭敬敬地行礼,郑重地道:"承蒙管公厚爱,在下定三书六礼,明媒正娶。"

疏帘外,似有女子的身影一闪而过,鬓间的步摇清脆作响,回荡在庭院中。那一刻,他闻到了梧桐花香……

他们的婚事便这样定下了。聘书、礼书、迎书,此为三书,纳采、问名、纳吉、纳征、请期、亲迎,此为六礼,这烦琐的仪式中,亦有婚姻的幸福感。她嫁给他时,已经二十七岁。那个年代,二十七岁未嫁,已属罕见之事。她迟迟未嫁,似乎就是为了等待他,等待着他们的名字紧紧相连之日。

婚后,二人一同入京,伉俪情深,相濡以沫,堪称神仙眷侣。朝中,赵孟頫屡次升迁,封魏国公,管道昇也被封为魏国夫人。

旁人称赞其才时,她只谦逊地道:"窃见吾松雪精此墨竹,为日已久,亦颇会意。"

墨竹,君子之爱。她之所以无师便能画竹,是因常见赵孟頫画竹,陪伴十余年,旁观下笔,始得一二。她每每提到他,总道"吾雪松"如何,"吾雪松"又如何如何,足见夫妻恩爱。

只是京城繁华,贵人如云,赵孟頫终是凡夫俗子,难抵世俗诱惑,身处一众风流文人之中,渐渐生出纳妾之意。于是,他写下一首小诗:"我学士,尔夫人。岂不闻陶学士有桃叶、桃根,苏学士有朝云、暮云。我便娶几个吴姬、越女,也无过分。你年纪已过四旬,只管占住玉堂春。"

这诗的意思是:"我为学士,你为夫人。陶学士有两个小妾桃叶、桃根,苏学士也有两个小妾朝云、暮云。我就是娶几个小妾也不过分。你虽已过四旬,却也并不影响你正室的地位。"

他如此坦白,字里行间都在告诉她,无论多么高尚的文人,都有几位红颜知己。他希望她能理解,毕竟旧人老去,总有新人来替,这是那个时代的规则。

规则,就是用来被打破的。管道昇读过诗后,也不急,也不忧,淡定地写下《我侬词》,词云:"尔侬我侬,忒煞情多,情多处,热似火。把一块泥,捻一个尔,塑一个我,将咱两个,一齐打破,用水调和。再捻一个尔,再塑一个我。我泥中有尔,尔泥中有我。我与尔生同一个衾,死同一个椁!"

你心中有我,我心中有你,如此深情,情深处,热烈似火。拿一块泥,捏一个你,捏一个我,将咱们俩一起打破,用水调和,再捏一个你,再捏一个我。我的泥人中有你,你的泥人中有我。我与你生时同盖一床锦被,死后同眠一口棺材。

她将夫妻比作泥人,反复强调着夫妻本是一体,我中有你,你中有你,早已难分彼此。多年深情,同甘共苦,岂是小妾所能给予?更何况,生时同衾,死后同椁,她只想与他白头偕老,万万不能容许第三个人打破这种情爱。

婚姻需要经营,必要的时候,还要用一些计谋。越是完美的婚姻,越是要小心谨慎。其实,这世上大多数女子是无法仅凭一首诗挽救婚姻的,更多的结局是,"等闲变却故人心,却道故心人易变"。

这桩事情的关键不在于她写了多美的诗,而在于读诗的人。再美的情诗,也要写给懂诗之人。赵孟頫本就是一个与众不同的男子,他读的不仅仅是一首诗,更是一个女子数十年的感情。从此以后,他再不提纳妾之事,只想一生一代一双人。

京城,车水马龙,华灯璀璨,弥漫着奢靡之风、喧嚣之气。管道昇早已厌倦了这种生活,于是,她画了一幅《渔父图》,并题了四首《渔父词》:

遥想山堂数树梅,凌寒玉蕊发南枝。
山月照,晚风吹,只为清香苦欲归。

南望吴兴路四千,几时回去雪溪边。
名与利,付之天,笑把渔竿上画船。

身在燕山近帝居,归心日夜忆东吴。
斟美酒,脍新鱼,除却清闲总不如。

人生贵极是王侯,浮利浮名不自由。
争得似,一扁舟,弄月吟风归去休。

赵孟頫见后,又题了两首《渔父词》:

渺渺烟波一叶舟,西风木落五湖秋。
盟鸥鹭,傲王侯,管甚鲈鱼不上钩!

侬住东南震泽州,烟波日日钓鱼舟。
山似翠,酒如油,醉眼看山百自由。

并且,他在画上写了一段跋语:"吴兴郡夫人不学诗而能诗,不学画而能画,得于天者然也。此《渔夫词》皆相劝以归

之意，无贪荣苟进之心。其与'老妻强颜道，双鬓未全斑，何苦行吟泽畔？不近长安'者异矣。"

浮名利禄有何用？她所向往的是一种悠闲、自由的生活，而他，何尝不想一同归隐！他们需要一些时间，来斩断俗世纷扰，来告别浮华功名。

延祐五年（1318年），管道昇患病，赵孟頫多次上书请求后，才于次年四月踏上南归之路。只可惜，客舟行至山东临清，管道昇不幸病逝于舟中，终是未能回到梦中的江南。

轻舟已过万重山水，他望着一江寒水，回忆着曾经的琐事，弹琴、作画、论道、烹茶、煮酒，仿佛做了许多，又仿佛什么都没做。

此情可待成追忆，这个道理，最好还是不要悟透。

月下谁人不相思

——元代·佚名《塞鸿秋》

爱他时似爱初生月,喜他时似喜看梅梢月,想他时道几首《西江月》,盼他时似盼辰钩月。当初意儿别,今日相抛撇,要相逢似水底捞明月。

月,是思念,是悲伤,是过往。

这首曲,应是一个女子所写,她也曾是那人心中的挚爱,只是,那个人走了,带走了她的月光,从此以后,她只剩下心里的伤。

那个明月之夜,她独自来到小楼,拨弄着琴弦,唱着那首《塞鸿秋》。行人听的是小曲,她唱的是回忆。

爱他时,只觉得他像初生的明月那般皎洁。

喜他时,只觉得他像梅梢的明月那般静好。

想他时,道几首《西江月》,盼他时,似盼辰钩月。

男女初遇之时，大都是青涩美好，用尽了一生的"谦谦有礼"，只为在彼此的内心留下一个无瑕的印象。她称他为"初生月"，那时候的爱情是清新的、干净的，不染浊世尘埃，有了爱情，便有了全世界。相恋之时，更是无微不至，共坠爱河，这一刻，他是"梅梢月"，似有似无的暧昧，若即若离的感情，月上枝头多妩媚，梅花摇曳最温柔。

只是，过分地沉溺于爱情，并非是一件好事。

他们分离了，是何原因？

她写"当初意儿别，今日相抛撇"，可见，当初是别有一番深情，今日却相互抛下。几乎所有的爱情，都是从浓烈到平淡，没有争吵，没有背叛，只是走过了轰轰烈烈的岁月，厌倦了不见波澜的生活，最后，忍不住道出了那句："一别两宽。"

相爱的过程各有不同，结局却只有两种，一是白头偕老，二是相忘江湖。无论哪种结局，都会有遗憾。白头固然美好，但爱情会在茶米油盐中消磨成空，相忘固然残忍，但爱情会在花开花落后相思成疾。

怎么会不遗憾呢！那是她认认真真爱过的人啊！或许，她也后悔了吧，才会在寂静的夜里，一遍遍唱着这首曲子，唱到结尾处，叹了句："要相逢似水底捞明月。"

我想你了，可我知道，再相逢，恐怕是水底捞月。

她希望相逢，可相逢又似水底捞月一场空，不如从此不再相见，可是，不相见，又心心相念。人，总是这样矛盾地活着，爱着，念着。月有盈亏，花有开谢，情有深浅，世间之事，岂有圆满？越是接近圆满，越是容易消散。

至于曾经的承诺，便不作数了！毕竟，你我皆知，承诺，只在爱时才作数。

曲终，她的故事唱完了，行人散去，燕雀归巢，那轮不属于她的月光，注定要西沉……

顾城说："你应该是一场梦，我应该是一阵风。"

爱情中的你和我，不过是梦到了一阵风，风吹散了一场梦。

书信篇

新人复何如

——汉代·窦玄妻《与夫窦玄别书》

弃妻斥女,敬白窦生。卑贱鄙陋,不如贵人。妾日已远,彼日已亲。何所告诉?仰呼苍天。悲哉窦生!衣不厌新,人不厌故。悲不可忍,怨不自去。彼独何人?而居我处!

那日,一位姓窦的男子迫不及待地写下休书,递到女子面前,墨迹还未干,淡淡的墨香散入屋中,弥漫着复杂的气息。

他以为,一纸休书,对彼此都好。却不知,被休弃的女子将一生蒙羞。

女子目不转睛地盯着休书,一切都是意料之中,没有惊讶,没有纠缠,她如此平静地接受了这个残忍的现实。

她的夫君,相貌堂堂,才华出众,天子命他休妻,另将公主嫁给他,他欢欢喜喜地应下,丝毫没有不舍之意。

是啊!为什么要不舍呢?公主能许他荣华富贵,锦绣前程,而她呢?她不过是一介百姓,识得几个字,吟得几首诗,如何与公主相比?

良久,女子缓缓起身,低声道:"从今往后,一别两宽,彼此欢喜。"

彼此欢喜?只怕,欢喜的只有男子一人。

离开之时,无人相送。仆人们都忙着迎接新的女主人,岂会注意那道失意的身影?

满城飘着绵绵细雨,浸满了晚春的忧愁,她回眸望去,只见廊下站满了达官贵人,锦衣霓裳与胭脂美酒勾勒出一幅纸醉金迷的好画。那是不属于她的世界,她好似这漫天春雨,被遗忘在华丽的背后。

当年,嫁给他时,正是桃李年华,她不懂什么是山盟海誓,更不懂什么是一见钟情,只是乖巧地听从父母的安排,身披嫁衣,随他而去。婚后,二人日久生情,渐渐接纳了彼此,他们也曾紧紧相依,念着:"执子之手,与子偕老。"

她是人人称赞的"贤妻",操持家务,孝敬长辈,无一错处。可即便如此,他还是选择了公主,那位能给他带去权势、地位、金钱的公主。

那个人,怎会如此现实?为了一己私欲,竟不惜背弃多年的婚姻,一夕之间,仿佛变成了陌生人。

她想不通,真的想不通……

那夜,她回到家中,忍受着旁人的冷嘲热讽,含恨写下了别书:"弃妻斥女,敬白窦生。卑贱鄙陋,不如贵人。

妾日已远，彼日已亲。何所告诉？仰呼苍天。悲哉窦生！衣不厌新，人不厌故。悲不可忍，怨不自去。彼独何人，而居我处！"

这是一封别书，怨他，恨他，终是因为爱他。

她称自己为"弃妻""斥女"，被人抛弃的妻子，遭人斥逐的女子。她又刻意用一个"敬"字，"敬白窦生"，意思是："窦生，我要把此刻的心情，恭恭敬敬地告诉你。"

这个"敬"字，一瞬间，疏远了彼此的距离，看似礼貌，反复读着，颇有几分讽刺之意。为何"敬"他？因为他的薄情，让她不得不"敬"。夫权至上的时代，她又怎敢不"敬"。

她道："我如此卑微，不如那位高贵的公主。"

这句话，好像是在说："是我不够好吗？没能留住你的心。"

对！她是卑微，是爱情里卑微的可怜人。爱得越深，越易沉迷，哪怕是此时，她也在责问自己。

她又道："我只觉得，你一日日远离我，她一日日亲近你。我的痛苦能对何人诉说？只能仰面，对着苍天呼喊。"

也许，他早已变心。从何时开始？从一次次晚归开始。他满身酒气地推开房门，袖口还沾了一抹殷红的脂粉，她心中已然明了，却还是不停地盘问："去了何处？见了何人？"

他目光躲闪，含糊其词。那些绞尽脑汁编出的谎言，听起来甚是可笑。

即便如此，念及旧日之情，她还是选择原谅了他。她想，毕竟夫妻多年，他绝不会离她而去。不知是盲目自信，还是心存侥幸，她总觉得，忍耐与善良便能化解矛盾，殊不知，这本就是自欺欺人。

她一次又一次骗自己，直到他撕下了伪装，露出可憎的面目，她才知深情错付，悔之晚矣。

他与公主的故事已经传遍全城，可唯有她是最晚知晓的。所有人都瞒着她。庭院深深，不该听见的话，入不了她的耳。她像是一个小丑，被欺骗，被愚弄，被嘲笑……

悲哉窦生！窦生啊窦生，何其悲哀！你可知，衣不厌新，人不厌故。

世人穿衣不会厌弃崭新，亦不应厌弃故人。为何他却为了新人，而弃了旧人？是兰因絮果的必然，还是唯利是图的背叛？

只因为那人是公主吗？若她不是公主，他还会写下休书吗？

"悲不可忍，怨不自去"，这悲伤不可忍受，这怨恨不会忘却。所谓悲怨，因爱而生，我如此怨你，又如此爱你，怨恨交织，便成了不甘的执念。

她不甘心，数年相守，竟比不上一个外人几日的温存？

于是，她质问："彼独何人？"

那位公主，究竟是怎样的人？占了她的位置，住了她的居室，让她一无所有。

《诗经·卫风·氓》中言："士之耽兮，犹可说也。女之耽兮，不可说也。"

爱情之中，往往是女子最难解脱，太容易困于旧情，无法走出，无法向前。女子就是这般痴傻，现实已摆在眼前，依旧不肯接受，偏要追问，偏要沉沦。爱了那么久，他已经成为她生命的一部分，让她如何割舍？

她的信中句句是"怨"，怨言之下，尽是难以放手的情，似要挽留，又知什么也留不住。

或许，只有时间才能治愈伤痛，当那个人渐渐淡出她的生活，她便也放下了。可是，到底要多久才能放下？几天之前，他还是她的夫君，她怎能放下？

深夜寂寥，孤灯已灭，她的思绪彻底跌入黑暗，漫漫长夜，唯有她，相思难忘。

这纸别书能换来什么？也许，窦生读过以后，会心感内疚；也许，他根本不会读，直接丢进风里。总之，他不会回心转意，哪怕她牵挂，哪怕她怨恨，男人也绝不回头。

窦生太懂得自己需要什么，功名、权力、金银，他要成为人上人，就必须舍下旧情。

其实，这样的负心男子又何止窦生一人！

小时候听戏，最熟悉的便是《铡美案》。陈世美进京赶考，被宋仁宗招为驸马，迎娶公主为妻。秦香莲携子上京寻夫，陈世美不但不与他们相认，还派人追杀母子二人。对枕边之人、亲生骨肉痛下杀手，当真是毫无人性可言。

这种人皆为"利"而活，他要娶的人，必须是公主，仅此而已。

生而为人，何必活得这般丑恶，何必欺骗，何必伤害，何必辜负？

　　若是不爱，可以不爱。

　　若遭背叛，不必原谅。

不信有白头

——晋·王献之《奉对帖》

虽奉对积年,可以为尽日之欢,常苦不尽触额之畅。
方欲与姊极当年之匹,以之偕老,岂谓乖别至此!
诸怀怅塞实深,当复何由日夕见姊耶?
俯仰悲咽,实无已已,惟当绝气耳!

那是一个寻常的雪夜,王献之正与妻子郗道茂赏梅饮酒。梅,红得动人心魄,雪,冷得彻骨生寒,红泥小炉温着美酒,此时良辰,最暖不过酒在杯中,爱在心间。

他们举杯对酌,想着:岁岁年年,一世长安。

世界的另一处,谯国桓氏的几位世家子弟正在酝酿一场阴谋。

权臣桓温病逝以后,将兵权托付给其弟桓冲,南郡公爵位则由幼子桓玄袭封。桓温之子桓济心生不服,遂联合兄长桓熙、叔父桓秘,密谋暗杀桓冲。

帷幔中,余姚公主司马道福听着他们的对话,无奈地叹了口气,眸中满是不屑。她与桓济成亲多年,太了解这位夫君的"才能",他成不了大事。

此时,她也该为自己谋一条后路。

窗外,是混沌的黑夜,凛冽的风雪。

月沉沉,雪纷纷,无端风波之中,谁丢了自己?谁惹了尘埃?

数月后,桓济果然败了,徙置于长沙,彻底退出了权力的舞台。

司马道福并不意外,甚至还有一丝欢喜。他们的婚姻本就是政治联姻,因政而开始,因政而结束,既然已经失去了利用价值,便要断得干干净净。

她拿出早已准备好的和离书,面无表情地签上了自己的名字,如此,她终于可以摆脱这个牢笼。

翌日,她入宫觐见太后,哭诉着这些年的苦楚,梨花带雨,惹人怜爱。

太后为此自责不已,当年,也是因为各种利益牵扯,才匆匆决定了那场政治联姻。太后有心补偿司马道福,便道:"从今往后,你便是自由之身,若想改嫁,哀家绝不阻拦。"

司马道福哽咽地道:"我仰慕一人已久,此生,唯求那人而已。"

太后问:"何人?"

她道:"琅琊王氏,王献之。"

"什么?王献之?"太后诧异地看向她,微微蹙眉,"王献之已有妻室,你如何嫁他?难不成你要为妾?"

司马道福自是不愿为妾,她早就想好了对策,她道:"郗道茂多年无子,已犯了七出之过。"

言下之意,是要逼着王献之休妻。

司马道福又道:"若皇室与琅琊王氏联姻,也算一桩美事!"

她很聪明,知道唯有利益,才能促成此事。

那日,她如愿以偿地走出了皇宫,望着湛蓝的苍穹,只觉得世间无限好,未来有所期。

她不知,已将另一个女子推入了深渊。

琅琊王氏府中,一道圣旨,让所有人陷入了沉默。

那位宦官满面笑容地念着圣旨,一句一顿,那些话如一只只蚁虫,啃食着人心,一寸寸,令人痛不欲生。

原来,权力真的可以左右一切。

宦官将圣旨递到王献之手中,又是称赞,又是道喜。

王献之失神地站在原地,一动也不动。时间仿佛静止了,他什么也听不见,什么也看不见,脑海中不停地回荡着那两句话,"命王献之休妻","另娶余姚公主为妻"。

荒唐!实在是荒唐!

他退后几步,婉拒道:"臣常年服药,双腿患疾,恐委屈了公主。"

宦官笑道:"无妨,公主早知大人患有腿疾,还是执意成亲,大人莫要辜负公主的深情。"

深情?公主所谓的深情,竟要以别人的幸福为代价,这番深情,谁敢承受?

王献之回身看向郗道茂,只见她面色苍白,眼角泪痕还未干,那身影如深秋的枯荷,直直挺立,极力保持着曾经的姿态,灵魂却已支离破碎。

郗道茂,出身于名门望族郗氏,祖父是朝廷重臣郗鉴,她是王献之的发妻,亦是他的表姐。昔年,二人青梅竹马,两小无猜,成婚以后,举案齐眉,未曾背弃。他们也曾生有一女,名玉润,不幸夭折,此后再无所出。随着郗家的没落,人间再也容不下她这般的女子。无子嗣,无家世,仅凭王家一己之力,又能护她几时?

良久,她递给他一支旧笔,叹道:"休了我吧!"

权力之下,他们皆是蝼蚁。如何反抗?如何逃离?倘若一定要写下休书,她宁愿亲自递上那支隔断幸福的笔。

他低着头,没有接过那支笔,他低声道:"再想想办法,总会有办法的。"

还能有什么办法?悲剧早已注定,或早或晚,一切只是时间问题。

月华似水,洒下一地清冷的光,又是辗转难眠的夜晚。

黑暗中,郗道茂缓缓睁开双眼,枕边之人已经熟睡,她抬起手,想最后触碰一下他的脸颊,又怕惊醒了他,只能不舍地将手放下,蹑手蹑脚地走出房间。

她要走了,趁着夜色离去……

这些日子,她看到了他的抗拒,也感受了他的无奈。为了抗婚,他不惜自残躯体,用艾草烧伤双脚,即便如此,公主依旧要嫁。

她不愿让他为难。她的夫君,为右军将军王羲之第七子,少负盛名,才华不凡,无论是王家,还是朝廷,都对他寄予了厚望。如此天之骄子,又怎能因儿女情长,而失去了锦绣前程?

他们面临的对手是至高无上的皇权,便是抗争,也是无谓的抗争。

也许,分别才是最好的结局。

父亲郗昙已过世多年,她无处可去,只能投奔伯父郗愔,寄人篱下,了此残生。她的心已给了王献之,既然不能在一起,今生,便不必相见了。

很久之后,她收到了一封信,此信无头无尾,没有落款,但她一眼便认出了他的字。

信上言:"虽奉对积年,可以为尽日之欢,常苦不尽触额之畅。方欲与姊极当年之匹,以之偕老,岂谓乖别至此!诸怀怅塞实深,当复何由日夕见姊耶?俯仰悲咽,实无已已,惟当绝气耳!"

他说:"我们生活多年,不觉厌倦,即使年复一年地相对,也可作一日之欢。那种欢畅,只能遗憾不能再尽兴一点。正想与你白头偕老,哪知命运不顺,分别两地。实感惆怅!不知何时才能朝夕相见?俯仰悲咽,无可奈何,若要相见,恐怕唯有绝气罢了！"

有时候，一分别，便是一生。他说"惟当绝气耳"，相见，已成了奢望。若人间不能相见，我便在黄泉等你。

相爱，不能言，不能见。这番痛苦折磨着两个人的余生，她不幸，他亦不幸。至于那位公主，她永远活在自己编织的美梦中，不肯醒来……

年迈之时，王献之搁笔已久，心有千言万语，不知为谁而书。他一生都活在悔恨之中，即便错不在他，他也无法原谅自己。

病时，有人曾问："由来有何异同得失？"

他道："不觉有余事，惟忆与郗家离婚。"

老来多健忘，唯不忘相思。那未了的情缘，成了遗憾，成了眷念。

平生几多愁，不信有白头。

我们，终是未能走到白头。

春花秋月总成空

——南北朝·谢氏《贻王肃书》

妾以陋姿,获侍巾栉。结缡之后,心协琴瑟。每从刺绣之余,闻及诗歌之事,煮凤嘴以联吟,燕龙涎以吊古。当此之时,君怀金石之贞,妾慕松筠之节。虽菡萏之并蒂、比翼之双飞,未足方其情谊也。

顷缘谗隙之生,远适异国。犹忆临歧分袂,言与涕零;亲戚送者,皆为感叹。呜呼!岁月易迁,山川间隔。君留蓟北,妾在江南。鸿帛杳然,鱼书不至。言念及此,未尝不顾影徘徊,泣数行下也。迩年以来,益复情怀恍惚,镜台寂寞。披览往牒,见画眉之胜事,则膏沐无光,想举案之休风,则珍馐不旨。阅未终篇,废书长想。春花空艳,秋月徒圆。子规时助其哀,寒蛩亦增其戚。秦嘉徐淑,岂伊异人?妾之薄命,一至于斯!

前者北使至南，闻君爵列尚书，联姻帝室。夫尚书为喉舌之司，典领枢机，参赞庶务，银章紫绶，妮耀一时。况以萧史之才名，配弄玉之芳姿。或携手于花前，或弹琴于月下。回视牛衣对泣之日，不啻人间天上。独可叹者：既有丝麻，遂弃菅蒯。糟糠之妻，白首饮恨。使宋宏高义，专美千秋。妾独何心，能不悲哉！

呜呼已矣！衰秋蒲柳，倍加憔悴，昔日缠绵，总成幻影。感连理之分枝，悼盛衰之变态。晨钟一叩，万境皆空。自兹而往，妾惟绣佛长斋，参稽三乘。借菩提之杨枝，洗铅华之繁艳。岂更盼潞鹕于水中，望鸳鸯于塘上乎！但念机上之丝，本为箔上之蚕，虽云得络，讵属无情？况修途困顿，达人所怜。不敢望窦滔之迎，庶少鉴若兰之志。得假片刻，以罄鄙怀，妾之愿也，惟君图之。

古刹内，佛像前，木鱼声声，敲断如梦前尘。

女子一袭素袍，洗尽铅华，口中念着："皈依佛，皈依法，皈依僧。"

皈依，她从未想过，这会是自己的结局。

如果那时候没有遇见，没有别离，没有那封信……她便不会伤得这般彻底。

她生于世家谢氏，嫁王氏王肃为妻。王肃，字恭懿，乃是东晋丞相王导的后代，其父王奂任南齐尚书左仆射。永明十一年（493年），王奂擅杀宁蛮长史刘兴祖，起兵反叛，兵败，王奂及兄弟皆被南齐皇帝萧赜所杀,而后,王肃投奔北魏。

谢氏以叛臣家眷,孤身留在南齐,受尽世人冷眼。她苟活于世,唯一的期盼,便是夫君早日功成,也好与他团聚。只可惜,他功成之日,也是缘尽之时。

几日前,她听到坊间有人议论着北魏尚书令娶妻之事。北魏尚书令,那是她的夫君王肃,娶妻?他的妻不是她吗?

她停下脚步,问道:"他娶何人?"

那人道:"北魏皇帝的六妹,陈留长公主。"

一瞬间,天昏地暗,所有的信念、坚持、真心顷刻崩塌。她的夫君要娶北魏长公主,而她却是最后一个知道的人。可笑,当真是可笑!她呢?她该如何?是怨怼?还是成全?

她是不甘心的,不甘心数年的等待,换来了别人的满堂欢喜。于是,便写下了这封《贻王肃书》,倘若他尚有一丝愧疚,也该念及旧情,迷途知返。

书信是一场回忆,诉说着曾经的故事。

昔年,她还是窈窕淑女,他还是翩翩君子,也曾寤寐思服,相思难眠。她知自己相貌平平,以陋姿许配给他,成亲以后,也算琴瑟相合。她绣着丝帕,他读着古书,闲暇之时,二人便谈及诗歌之事,煮着凤嘴茶,吟诗作联,点着龙涎香,吊古伤今。

那时候,他们还相爱着,他怀着金石般的忠贞,她慕着松竹般的气节。便是并蒂的荷花、双飞的比翼鸟,也不及他们的深情。

年少之所以情深,是因还未经历人间的风霜,也未触碰现实的诱惑。他们单纯且幸福地活着，活在四四方方的院子里，活在无忧无虑的梦中。

直到家逢变故，亲人离世，他不得不远赴异国。临行前，他们言语涕零，难舍难分，送行的亲友皆为之感叹。岁月流逝，山川阻隔，此后，君留北魏，妾居南齐，鸿雁传书无音讯，鱼传尺素书不至。

言念及此，未尝不孤影徘徊，泪泣千行。近年以来，更是精神恍惚，懒于梳洗。她披览了往日的书籍，读到张敞为妻画眉的美事，羡慕不已，即便她的发上抹着膏沐，也不觉得光彩。又想到孟光与妻举案齐眉的佳话，即便她的桌上摆着山珍海味，也不觉得好吃。

还未读完一篇文章，便已无心再阅，放下书籍，低头深思。思着什么？思春日的繁花空艳丽，思秋日的明月徒团圆。窗外，杜鹃悲啼，又添了她的哀伤，蟋蟀频响，又增了她的惨戚。

听闻东汉时期，有个名唤徐淑的女子，她的夫君秦嘉为郡吏，秦嘉因公务赴洛阳，徐淑因病还家，未能相见，二人常有书信往来。后来，秦嘉客死异乡，徐淑兄逼她改嫁，她毁形不嫁，守寡终生。天下间，如他们这般苦命的夫妻，少之又少。为何，她的命运也到了这步田地！

前些日子，北魏使者到了南齐，她从旁人口中得知他已官至尚书，并与皇室联姻，成为陈留长公主的夫君。这是何等殊荣！尚书乃是朝廷的喉舌，统领枢机，参谋政务，身着官袍，腰挂银质官印，光耀一时。

他有萧史般的才名,也该有弄玉般的女子相配。男才女貌,或是携手于花前,或是弹琴于月下。而他们呢?回想他们当初的日子,如汉代王章病卧牛衣上,妻子相对哭泣般艰难心酸。

唯独可叹的是:既有了丝麻,便抛弃了菅草蒯草。那位糟糠之妻,陪着他住过陋室,熬过风雪,到了白头之时,还要忍受怨恨。

其实,天下间也有不慕富贵的男子,比如信中提到的"宋弘"。汉光武帝的姐姐湖阳长公主爱慕宋弘,光武帝召见宋

弘,并对宋弘说:"俗话说,地位尊贵了便换朋友,家中富贵了便换妻子,这是人的本性吗?"宋弘答:"臣闻贫贱之交不可忘,糟糠之妻不下堂。"

千秋美名,唯宋弘一人而已。这如何不令人悲痛!

秋末蒲柳,枯萎萧条,恰似昔日缠绵深情,皆化为幻影,不复存在。连理枝终要分枝,各自盛开,各自衰败,只叹世道盛衰,变化无常。

俄然间,听见晨钟一响,万境皆空。她循着钟声望去,只见山间立着千年古刹,寺门敞开,延引香客。那一刻,她找到了归宿。

从此以后,遁入空门,终日吃斋念佛,参禅悟经。借菩萨净瓶中的杨枝水,洗尽铅华,忘却前尘。岂敢再盼鹨鹚成双,鸳鸯成对呢!

但是,她又忍不住想:那织机上的丝线,本为箔上蚕茧,虽被缠绕,难道就不是丝线了吗?而他,虽被笼络,难道就真的变成无情之人了吗?

她不奢望他能像窦涛那样迎她回去,只希望他能稍稍体恤一下她像苏蕙那样的情怀。而今之愿,唯有"得假片刻,以罄鄙怀"。

只求给她片刻的时间,让她诉尽衷肠,只需片刻,片刻而已……

她像是一个卑微的乞讨者,求他施舍给她一丝怜惜。她不仅写了这封信,还作了一首诗:"本为箔上蚕,今作机上丝。得络逐胜去,颇忆缱绻时。"

北魏，朱门府邸。

王肃读了信，念了诗，却不知如何作答。一个男人，选择了逃避，忘不了旧情，也放不下新欢，堂堂尚书令，像极了一个懦夫。

那时，他的心里大概只想着一句话：我能怎么办？

他只想着自己的难处，全然想不到别人的痛苦。王肃对待谢氏的态度，助长了陈留长公主的嚣张气焰。见他犹犹豫豫，长公主索性代答一诗，诗曰："针是贯线物，目中恒纤丝。得帛缝新去，何能衲故时？"

长公主以胜利者的姿态炫耀着成功，肆意践踏着受伤者的真心，将王肃比作针，将自己比作新衣，将谢氏比作旧布，一根针，既然缝了新衣，又怎会去衲旧布？

同为女子，最懂如何将她逼至绝境。果然，谢氏看了那封信后，彻底断了心中的希冀。婚姻之苦莫过于失望，最难挽回的从来不是感情，而是一颗早已凉薄的心。

佛门清净地，踏入之时，便该忘却尘埃。她早该放下了，不是吗？

不知是出于愧疚，还是出于怜悯，王肃为她建造了一座寺庙——正觉寺，谢氏入寺终老。

由爱故生忧，由爱故生怖，若离于爱者，无忧亦无怖。

她翻看了寺中所有经文，才知佛家不言爱，只言慈悲。她原谅了他，不知是因爱，还是因慈悲。

年少春闺梦

——唐代·崔莺莺《答张生书》

捧览来问,抚爱过深,儿女之情,悲喜交集。兼惠花胜一合,口脂五寸,致耀首膏唇之饰。虽荷殊恩,谁复为容?睹物增怀,但积悲叹耳。

伏承使于京中就业,进修之道,固在便安。但恨僻陋之人,永以遐弃。命也如此,知复何言?自去秋以来,常忽忽如有所失,于喧哗之下,或勉为语笑,闲宵自处,无不泪零。乃至梦寐之间,亦多感咽。离忧之思,绸缪缱绻,暂若寻常;幽会未终,惊魂已断。虽半衾如暖,而思之甚遥。一昨拜辞,倏逾旧岁。长安行乐之地,触绪牵情,何幸不忘幽微,眷念无斁。鄙薄之志,无以奉酬。至于终始之盟,则固不忒。

鄙昔中表相因,或同宴处,婢仆见诱,遂致私诚。儿女之心,不能自固。君子有援琴之挑,鄙人无投梭之拒。及荐寝席,义盛意深,愚陋之情,永谓终托。岂期既见君子,而不能定情，致有自献之羞，不复明侍巾帻？没身永恨，含叹何言？倘仁人用心，俯遂幽眇；虽死之日，犹生之年。如或达士略情，舍小从大，以先配为丑行，以要盟为可欺，则当骨化形销，丹诚不泯，因风委露，犹托清尘。存没之诚，言尽于此；临纸呜咽，情不能申。千万珍重！珍重千万！

玉环一枚，是儿婴年所弄，寄充君子下体所佩。玉取其坚润不渝，环取其终始不绝。兼乱丝一绚，文竹茶碾子一枚。此数物不足见珍，意者欲君子如玉之真，弊志如环不解，泪痕在竹，愁绪萦丝，因物达情，永以为好耳。心迩身遐，拜会无期，幽愤所钟，千里神合。千万珍重！春风多厉，强饭为嘉，慎言自保，无以鄙为深念。

戏台上，红灯摇曳，折扇开合，张生吟诵着《明月三五夜》："待月西厢下，迎风户半开。拂墙花影动，疑是玉人来。"

从此，西厢房中，情浓意真，平生不会相思，才会相思，便害相思。

这篇情书出自《莺莺传》，是书中女主人公崔莺莺回复男主人公张生的信。贞元年间，当元稹撰写完《莺莺传》，搁笔之时，他心中思念的那个"莺莺"究竟是谁？那些过往，皆成了街头茶坊的笑谈。

终归是年少春闺客，全作梦一场。

故事的开始，张生旅居蒲州普救寺，同宿寺中的还有远房亲戚崔家。

那一年，突发兵乱，官兵大肆抢夺财物，崔家财产甚厚，不免惊慌，幸而张生与蒲州将领为旧交，便求官吏保护崔家，因此崔家免于兵灾。崔家为谢张生，大摆宴席，席上，张生初遇表妹崔莺莺，一见钟情，托婢女红娘传书，以词挑之，几经反复，二人终成爱侣，常于西厢私会。

后来，张生赴京赶考，与莺莺常有书信来往，这封信，便写于此时。

那日，莺莺收到了张生送来的信物，一合花胜，五寸口脂，她捧着那封来信读了许久，想着二人的深情，不禁悲喜交集，遂写下了回信。

她写道："虽荷殊恩，谁复为容？睹物增怀，但积悲叹耳！"

虽收到了他所赠之物，却不知花胜为谁簪，口脂为谁抹，这精致的容貌为谁扮。睹物思人，又增添了许多愁怀，唯有悲叹而已。

此时，他已留在京都温习学业。进修之道，固然以求安静为好。恨只恨，她是个边远鄙陋之人，便这样永远被抛弃了。命运如此，又有什么可说呢？

他离去后，她的日子如何？她的心情是这般：常忽忽如有所失。

自去年秋时以来，经常恍恍惚惚，若有所失。喧闹的场合，有时会勉强谈笑两句，到了夜深人静，便独卧闺房，无不涕零，甚至睡梦之中，也多是呜咽和忧思。梦中，恩爱缠绵，宛如平常，只可惜幽会还未结束，梦中惊醒，一切美好已随梦断。被子里虽还有暖意，但所思之人已非常遥远。

回忆辞别之时，转眼已过了一年。长安乃是享乐之地，随处都可牵动情思，何其幸运，他能"不忘幽微，眷念无斁"，不曾忘记卑微之人，未曾厌弃眷恋之情。他的情如此坚定，她无以为报，唯有表明心意："终始之盟，则固不贰。"白首之约，永不改变。

她怕，怕他负了她，因为，只有她知道自己付出了多少。她又在信中提起了那段往事：昔日，因为二人表亲的关系，偶或相聚在一起，他托婢女从中牵线，遂有了这段私情。儿女之心，未能约束，一个像司马相如弹琴般挑引，一个未能像谢鲲邻女投梭那般拒绝，于是，便有了同床共枕，情深意长。

当时，她一片痴情，总以为张生便是她的终身依托，哪知私会以后，却不能正式订下婚约。私下幽会，以身相许，这本就是违背封建礼法之事。她知"自献之羞"，若无法成为他名正言顺的妻子，那将是毕生之恨！除却暗自叹息，还有何话可说！

假如他存仁人之心，尚有一丝垂怜，她便是死了，也像活着一样。假如他不顾情分，抛弃旧爱而追求名利，将二人未婚配而先合当作丑行，认为当初立下的海誓山盟可不作数，那么，即使她骨化形销，赤诚之心仍不泯灭。她的灵魂将随风飘荡，依然托身于他脚下的尘土之中。这便是她的心意：生死相随，不离不弃。

她临纸握笔，呜咽不止，情不能申，只能在纸上写道：

"千万珍重,珍重千万。"

千言万语,唯有"珍重"二字,最是情深。她又随信附上一枚玉环、一缕青丝、一个苔碾,这些虽是寻常之物,却用意颇深。玉环,是幼时玩物,可作腰间佩饰,玉石有坚贞不变之意,环形有始终不绝之意。青丝,根根缠绕着她的愁思,苔碾,斑竹沾染着她的泪痕。

"因物达情,永以为好耳",信物,是爱情的见证。她的心离他很近,身体却离他很远,相见之日已是遥遥无期。

春天的风多有凉意,她贴心地提醒他"强饭为佳""慎言自保",不必挂念她,不必担忧她……

京师,张生收到信后,不知出于何种心理,竟将这封信拿给好友传阅,闹得沸沸扬扬,尽人皆知。他是男子,自是不会遭受世人嘲笑,可是,莺莺呢?私会男子乃是伤风败俗之事,她一生都将背负着骂名而活。

那时,张生的好友杨巨源还为此作了一首绝句《崔娘诗》:"清润潘郎玉不如,中庭蕙草雪销初。风流才子多春思,肠断萧娘一纸书。"

多情才子,痴情萧娘,若最终十里红妆,自是彼此欢喜。可惜,才子佳人的故事大都结局悲惨。爱一个人,从不需要理由,不爱一个人,有千百个理由。张生的理由着实有些牵强可笑,他道:"大凡天之所命尤物也,不妖其身,必妖于人。使崔氏子遇合富贵,乘宠娇,不为云、为雨,则为蛟、为螭,吾不知其变化矣。昔殷之辛,周之幽,据百万之国,其势甚厚。

然而一女子败之，溃其众，屠其身，至今为天下僇笑。予之德不足以胜妖孽，是用忍情。"

那曾是他视若珍宝的女子，如今，他竟忍心骂她为"尤物""妖孽"，恨不得用天下最恶毒的语言伤她、辱她。他认为，绝代佳人，即便不害自身，也必害他人，至于莺莺，此女不成云不成雨，便成蛟成螭，他自知德行不足以胜妖孽，只好克制感情。

张生的一张巧嘴，吐出的不是莲花，而是伤人的利剑。这段话，任谁听了，不是痛心疾首？

莺莺何错之有？明明是张生先招惹了她，又在她动心以后，弃之而去，他否认了曾经的爱，且将自己伪装成一个受害者，将所有的过错归于莺莺。这是为何？因为他怕了，他怕世人知晓他的薄情，又怕自己活在悔恨中，更怕来日会遭到指责，他只能自欺欺人，一口一个"忍情"，故作痛心地离去。其实呢？他就是虚伪、懦弱、逃避、欺骗，还自诩为人间深情第一人。

多年以后，崔莺莺嫁了人，张生娶了妻。一次，他经过崔莺莺的住处，以表兄的身份，请求相见，崔莺莺避而不见。

那是一道永不愈合的伤口，他一时兴起的爱，让她释怀了，却找不到一个忘记他的理由。

崔莺莺写了一首诗，诗云：自从消瘦减容光，万转千回懒下床。不为旁人羞不起，为郎憔悴却羞郎。

几天后，张生要走，她又写来一首诗谢绝："弃置今何道，当时且自亲。还将旧时意，怜取眼前人。"

她曾爱过，也曾恨过，直到此刻，依旧如此。永不相见，便是对他最大的折磨。

也许，她从一开始就猜到了结局，当年，张生进京前，她曾言："始乱之，终弃之，固其宜矣。愚不敢恨。"

她知道不会有结果，还是飞蛾扑火，所以，她到底想要什么？一段无果的爱？一颗薄情的心？还是，一个值得回忆的人？她什么都想要，因为，唯有伤过痛过，才能彻底放下心中的执念。

或许每个人都曾遇到过一位"莺莺"，为了爱情，奋不顾身，倾尽所有，最终一无所得。我们可以选择的是，不成为那样的人，不伤害那样的人。

陌上花开缓缓归

——五代·钱镠《陌上花开》

> 陌上花开，可缓缓归矣。

阳春时节，暖风拂柳，繁花盛开，陌上弥漫着桃李淑郁。春，一个浪漫的季节，总要有一首诗点缀人间。

临安城，信使骑着快马，疾驰于长街之上，最终，停在了一处安静的别院门前，信使翻身下马，敲了敲门，递给侍者一封信，沉声道："此乃国君的亲笔信，请夫人亲启。"

国君的信？侍者微微怔住，那位国君还会写信？众所周知，国君目不知书，极少执笔，他竟然为夫人写了一封信！

侍者绕过回廊，穿过庭园，轻轻地推开雕花木门。

夫人正在惬意品茗，身着淡雅的衣衫，云鬓松挽，梨花淡妆，纤纤素手执起茶盏，茶香袅袅，一室清香。

侍者双手呈上信笺，低低地道："夫人，国君的信。"

女子颇为惊讶：信？他写的信？

她小心翼翼地打开信，只见上面写了一行字：陌上花开，可缓缓归矣。

世间最短的情书，仅用了短短的九个字，温暖了人间千年。

她，是吴越王钱镠的嫡妻吴氏。

钱镠，自幼尚武，以贩卖私盐为生，后应募投军，随军平乱，屡立战功，成就霸业，建立吴越国。

二人初见之时，钱镠还只是个无名小卒，久慕吴氏芳名，遂登门提亲。

她站在屏风后，偷听着他们的对话。

只听父亲叹息道："你虽豁达大度，却不事产业，不成，这婚事不成！"

那是钱镠第一次感觉到挫败，若此时自己功成名就，何愁娶不到佳人？也许，他该先立业，再成家，可是，他又怕立业之后，她早已嫁为人妇，又错过了她。

屏风后，她知道父亲没有应下婚事，心里忽而有些失落。毕竟，他是为她而来的。从来没有过一个人，为她而来。

正在惆怅之时，忽而听见伯父的声音："我觉得此人气度不凡，日后必成大器。"

接着，伯父便是一番劝说，终于让父母应下了婚事。

她嫁给钱镠时，他无名无业。但他听说过两句诗："男儿何不带吴钩，收取关山五十州。"

他离开了安逸的家园,南征北战,立志要建功立业。她默默于家中等待,盼望着他平安归来。她知道,他所行之路有多艰难,那是马革裹尸的战场,刀光剑影,黄沙白骨。

他每次归家,都是伤痕累累,却还是轻声安慰着她:"无妨,无妨。"

怎么会无妨?她凝视着那些伤疤,仿佛能感受到冰冷的武器刺穿血肉之痛。她强忍住泪水,哽咽地问:"何时出征?"

"明日。"他的回答永远都是这两个字。

明日,寻常人的明日是黎明的光,他的明日却是破晓的弓。

乱世,总有流不尽的离人泪。

冷月如霜,她点亮屋檐下的烛光,守着那抹光,一夜又一夜,一年又一年。

大唐陨落,群雄称帝,而她的夫君,已逐渐占据以杭州为首的两浙十三州,成为当世赫赫有名的吴越王。诗僧贯休曾献诗,诗云:"贵逼人来不自由,龙骧凤翥势难收。满堂花醉三千客,一剑霜寒十四州。鼓角揭天嘉气冷,风涛动地海山秋。东南永作金天柱,谁羡当时万户侯。"

她读着这首诗,仿若看见了夫君驰骋沙场的英姿,见他策马扬鞭,手持利剑,斩断了乱世的黑暗。

那个动荡不安的年代,她默默陪伴着他,时而劝谏,时而担忧,时而牵挂……

所幸,他们都等来了光明的人间:吴越太平,君王勤勉,百姓安康。

未曾辜负,便是最好的结局。

多年以后,一个寻常的春日,钱镠处理完政务,闲暇之时,于宫中散步,望见花开似锦,杨柳飞絮,不禁想起那位归家的夫人。

夫人思乡心切,每逢岁春,她必归临安。只是这一年,似乎离开得久了一些,已是春草芳菲时,却仍不见她归来。

往年,他们总会携手赏春,从花开到花落,不曾错过。如今,独留他一人在此,纵有万般美景,未能同赏,也是遗憾。

不知临安城的花开否?不知夫人可有归家之意?临安可曾下雨?雨后勿忘添衣……他有太多的关心,还有太多的叮咛,千言万语,聚于心间,不知如何表达。

这就是一个武夫的无奈。他可号令三军,也可睥睨天下,却唯独不敢执笔,写下心中的情话。

他的夫人,是那样细腻温婉的女子。当年,她游奉国寺,他命人载着帛百匹,以备布施,她不忍劳民伤财,劝道:"妾备尝机杼之劳,遽以游赏费之,非恤民之道。"

她孝敬尽礼,体恤百姓,从无一丝错处。面对这样的佳人,该如何诉说思念?

春色将老,有情之人本不该错过花期。

那日,他思量许久,提笔写下一封书信:"陌上花开,可缓缓归矣。"

那田间阡陌上的繁花已经盛开,你可以慢慢归来了吗?

多么美的情话,是相思,是催促,是期盼。这份深情,就这样不慌不忙地道出。文字虽短，情意绵长。

归来吧，远方的爱人！希望花开之时，你能听见那一声声的呼唤，相隔千里，遥遥相寄。

吴氏收到信后，也踏上了归程。

那一路，皆是繁花，为春而盛开，为情而绚烂。因为爱情，那是最美的春天，也无春愁，也无烦忧。此刻，马车行驶在满是落英的古道上，她欣赏着万紫千红，烂漫山花，慢慢地，缓缓地，归家。

后来，钱镠与吴氏相继过世。他们的人生已经结束，可故事却流传民间。吴越国的百姓将此语编成歌谣，于劳作之时，于原野之上，一代代传唱。

听，那人唱着："陌上花开，可缓缓归矣。"

再等等吧，等到花开时，她便归来了。

百年之后，苏轼因公务暂居杭州，游览九仙山时，听到有人唱着那首《陌上花》，遂写下《陌上花三首》：

陌上花开蝴蝶飞，江山犹是昔人非。
遗民几度垂垂老，游女长歌缓缓归。

陌上山花无数开，路人争看翠辇来。
若为留得堂堂去，且更从教缓缓回。

生前富贵草头露，身后风流陌上花。

已作迟迟君去鲁，犹教缓缓妾还家。

　　他在诗的序中言："游九仙山，闻里中儿歌陌上花，父老云，吴越王妃每岁春必归临安，王以书遗妃曰：'陌上花开，可缓缓归矣。'吴人用其语为歌，含思宛转，听之凄然。而其词鄙野，为易之云。"

　　君王、美人皆已逝去，唯有爱情长存。总有人记得，那个铁血男儿曾写下一行动人的情话，百炼钢终是化为绕指柔。

　　陌上桃李花，烟火是人家。因为有爱，我未曾见过四季的苍凉。

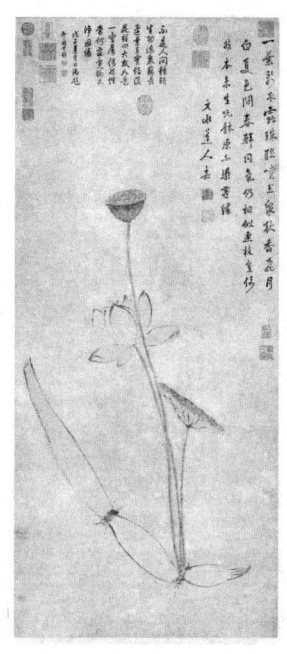

今生缘分料应难

——元代·吴氏《与郑禧书》

屡蒙佳什,珍藏箧笥。福浅缘悭,不成好事。母命伯言,不期违背。一片真情,番成虚意。勤读诗书,好图名利。故里梅花,依然夫婿。数语赠君,盈盈垂泪。

吴家的女儿已许久未择到良婿了!

这是永嘉城西媒人皆知的事情。

那日,洪府之中,媒妪又提起此事,忍不住叹道:"吴家有女,才色俱丽,琴棋诗书,无一不通。可惜,吴家择婿,难得其人。"

洪家公子瞧了一眼身旁的郑禧,笑道:"宗鲁兄,不如,你娶了她吧?"

郑禧,字宗鲁,此时正客居洪府。闻言,他急忙摇摇头,辞道:"我已有妻室。"

媒妪觉得惋惜，便道："既是无缘，便请公子作词一首，送于吴氏。"

于是郑禧提笔，写下一阕《木兰花慢》。

谁能想到，缘分因这首词开始。

翌日，吴氏见词后，心生倾慕，又知有缘无分，便和词一首，词云："爱风流俊雅，看笔下，扫云烟。正困倚书窗，慵拈针线，懒咏诗篇。红叶未知谁系，慢踌躇、无语小窗前。燕子知人有意，双双飞度花边。殷勤一笑问英贤。夫乃妇之天，恐薛媛图形，楚材兴叹，唤醒当年。累累满枝梅子，料今生、无分共坡仙。赢得鲛绡帕上，啼痕万万千千。"

她得了那首词，视如珍宝，将词拿给族中长辈品评，长辈们读后，连连称赞其有文士之美。她又欢欢喜喜地将词递给母亲，母亲凝视着那首词，却是一脸愁容，沉默不语。

良久，母亲厉声道："他已娶妻，此事不可。"

她失落地垂下头，低声应了一句："女儿知道。"

若此时便断了来往，那爱情的种子便也不会生出枝叶。可是，她偏偏不舍，偏偏执着，竟让自己越陷越深……她以书笺传情，让乳母呈送，并言："甘为妾室。"

郑禧观其词，感其情，再赋诗三首：

银笺写恨奈情何，料得情深敛翠蛾。

须信梅花贪结子，东风着意杏花多。

翠袖笼香倚画楼,柔情犹为我迟留。
何时共个鸳鸯字,吟到东风泪欲流。

两才相遇古来难,重写芳情仔细看。
莫待后时空自悔,不如闻取舞双鸾。

吴氏和云:

慈亲未识意如何,不肯令君画翠蛾。
自是杏花开较晚,梅花占得旧情多。

残红片片入书楼,独倚危栏觉久留。
可惜才高招不得,红丝双系别风流。

今生缘分料应难,接得新诗不忍看。
谩说胸襟有才思,却无韩寿与红鸾。

诗尾,又写下一行字:"屡蒙佳什,珍藏箧笥。福浅缘悭,不成好事。母命伯言,不期违背。一片真情,番成虚意。勤读诗书,好图名利。故里梅花,依然夫婿。数语赠君,盈盈垂泪。"

她将他写下的诗文藏于箱中,如珍如宝。此生福浅缘薄,婚事难成。一片真情,反成一场空。只愿君能勤读诗书,争取功名。至于她,不如将她当作故园梅花。宋代林逋以梅为侣,她亦可作他的梅花,将他看作夫君。

写下这行话时,正是春时,她不知未来会如何,她只想在他的心中留下一些回忆。她想,若是到了寒冬,他望见红梅满园,是否也会想起她的深情?

几日后,吴家来了贵客,是与母亲相交之人,听说此人是郑禧寻遍永嘉城请来的说客。那人言辞诚恳,试图劝说母亲成全二人,可惜她的母亲始终冷着脸,不肯应允。

不久,家中又来了客人,这一次,客人是带着聘礼而来的。

客人恭敬地道:"小生是周家之子,爱慕令千金多年,此番特来提亲。"

一箱箱聘礼堆满了院子,母亲只用余光瞥了一眼,便含笑着点点头:"我便将小女的终身托付给你了。"

满堂皆是欢声笑语,她听着,那般刺耳,那般心痛。

她也不知哪来的勇气,竟跪在母亲面前,哭诉道:"父亲临终时,千叮万嘱要将我嫁给儒生。周生不学无术,只知弹琵琶,我誓死不从周氏。"

说罢,她佯装癫狂,扯下头冠,狠狠掷于地。

"忤逆!不孝!"母亲呵斥着扬起手,一下下打在她的身上。

她默默忍受着母亲的愤怒,不肯低头,不愿认错。爱情,不问值不值得,只问爱没爱过。她爱过,无怨无悔。

那日过后,再也没有人提起婚事。

因为吴家姑娘已经积郁成疾,一病不起。

她临终之时,哽咽着吩咐身旁名为梅蕊的青衣:"我爱郑郎,生也为郑,死也为郑。我死之后,汝可以郑诗词书翰,密藏棺中,以成我意。"

生而未相守,死后犹相思,便让她带着那些书信,长眠黄土……

她已恹恹无力,强抬起纤手,写下了最后一封书笺:"哀哉!古人云:'春蚕到死丝方尽,蜡烛成灰泪始干。'诚哉!是言也!一自女媒通好之后,妒情之辈,登奴门者,其说不一。有云先生贫者,有云子多者,有云妻妒行者。奴闻之,若风过耳,但以真心相守。况兼母与伯,以奴之身色才艺俱全,岂可为人次妻?而周舍挟财以媚母氏,遂以一红一书为定。奴乃泣涕不已,两被母凌,以致成病。而相思之情,又何可胜言!念欲窃香相随,奈千方百计不可,而此病愈危。昨日,两奉佳音,且喜且泣。母氏而今已作噬脐之悔,有通容处。但奴魂飞不定,神乱不常,虽师巫医卜,无所不至,而病略不减。先生自宜将息,不可因贱妾而失寐忘餐。以郎之才,不患无好色之妻;以奴之命,真恐不见有才之郎。若此生不救,抱恨于地下。料郎之情,岂能忘乎?然妾之死,无身后之累。郎若成疾,则故里梅花,青青梅子,将靠之谁乎?倘得病安,必见。临终哽咽,不知下笔处。奴扶惫拜上。"

这是一封遗书。

重病之时,她曾想起李商隐的《无题》,诗云:"春蚕到死丝方尽,蜡烛成灰泪始干。"众生万物仿佛带着使命而来,春蚕吐丝,蜡烛燃烧,一生只为一事,直到生命的最后。她这一生，也为一事，那便是爱一个人。

自从他请的媒妪来说媒之后，那些嫉妒之人纷纷来到吴家，七嘴八舌地议论起他的是非。有人说他家中贫寒，有人说他子女众多，有人说他妻子善妒。

她听着那些话，只当作耳旁风。可是，她的母亲听了，却信以为真，认为以她之才，不应为人妾室。这时，周家"挟财以媚母氏"，母亲便匆匆定下了一纸婚书。那段日子，她痛哭不止，几度相思，以致郁郁成疾，此病愈危。

如今，她的母亲后悔莫及，退还了聘礼，取消了婚约，却

换不回她的康健。她已经"魂飞不定""神乱不常",医石良药也无效,求神占卜也无用,无所不用,病情不减。

她知自己时日不多,便写道:"以郎之才,不患无好色之妻;以奴之命,真恐不见有才之郎。"

他的人生还很长,而她的人生已走到尽头。

病中多思,她又开始胡思乱想:倘若她一病不起,他定忘不了她;倘若她过世,身后已无什么牵挂;倘若他也染病,那他故园的梅花、青青的梅子,又将倚靠着谁?倘若她的病痊愈,他们必得相见……

她想过无数种可能,想着想着,便沉沉地闭上了双眼。

梦中,故园的梅花开了,落了,那树下,站着两个身影,一男一女,相互依偎,白头偕老。

她睡了,再也没有醒来。

离世之时,年仅二十岁。

后来,郑禧考上了进士,官任黄岩州同知。

每逢梅花开的时节,他都会想起那个女子,她未成为他的妻子,却成了他心上的月光。

他将他们的故事写成了《春梦录》,又怕她遭人非议,文中隐藏了她的名字,只称她为"吴氏"。

春梦录,是青春年少时,擦肩而过的梦。

这故事很短,却是她的一生。

毕志以偕老

——元代·赵鸾鸾《与柳颖书》

妾本良家，幼承慈训，调铅傅粉，深处中闺。执枲治丝，谨循《内则》。惟知纫针而补缀，未解举案以齐眉！天与荣华，亲怜巧慧。冰为神而玉为骨，蜎如领而手如荑。

正及芳年，遴选佳婿，讵期薄命，竟配下流。遂尔辜其出众之才，屈其倾城之貌。敛兹怨悔，寓阙诗词。对月白之宵，遇风清之旦。强与语，强与笑，鸾伴山鸡；触于目，触于心，鹓随野鹜。孰料庸才短折，屡质孤嫠。土木形骸，恶况暂空于眼底；风花情性，幽惊尚郁于尊前。徒怀蔡琰之悲，永抱淑真之恨。

已甘弃置，过辱聘求，盖以伸前时之好言，作后日之佳话。诚愿托身贵族，委质明公，挽桓君之鹿车，吹秦娥之凤管。愿毕志以偕老，冀投身而相从。未侍光仪，先申愚悃，惟高明其谅之！

赵鸾鸾不知等了多久，才等来了她的爱情。

那一日，有人轻叩宅门，来人道："柳家公子遣我来求亲，不知当年之约可还作数？"

柳家公子柳颖，她的近邻，她的初恋，想不到，他们今生的缘还未断。

她的目光望向窗外，凛冽寒冬，墙角的红梅正迎着冷风盛开，她的寒冬，将要结束了。

这个故事出自《剪灯余话》，这桩姻缘，几经坎坷，这悲剧并不是因为薄幸，而是因为时代。

赵鸾鸾，字文鹓，有才貌，喜文辞，幼时，家人以香屑掺于饮食里喂她，故而身有体香，又名香儿。近邻柳颖，才华横溢，鸾鸾倾慕已久。才子配佳人，正是天作之合。赵父欲将她许配给柳颖，不料，柳颖家道中落，赵母嫌贫爱富，便将鸾鸾嫁给富家子弟缪生。

缪生，一个不学无术的病秧子。这注定是一场不幸的婚姻。鸾鸾以一种孤独的方式反抗，自出嫁后，郁郁寡欢，时常掩镜悲吟，闭门愁坐。三个月后，缪生病故，她被送回娘家，像是一件被人遗弃的物品。

她本以为后半生将在深宅中草草度过，谁知，次年冬，柳颖丧偶，遣人求娶鸾鸾，欲成当年之姻。

如今的柳颖，文采斐然，家中温裕。赵母自是不再阻拦，甚至，极力撮合这桩婚事。

可是，纵然君心未变，佳人却已不敢相见。当年，终是赵家毁约在先，辜负了他的一片痴心，如今，她有何颜面应下婚事？

她总要给他一个解释，他可以不怨，但她不可以不说。有些话，难于启口，便只能作书答复，于是，便有了这封信：《与柳颖书》。

信中，从幼时受训谈起，又提到深闺之事。豆蔻年华，她遵循《内则》，只知刺绣缝补，从不理会婚嫁之事。言外之意，当年之事，她做不了自己的主。

正值芳龄，父母为她择选佳婿，怎料命薄，许配非良人，可怜了出众之才、倾城之貌。回忆起婚后的生活，多少愁怨，多少悔恨，无人倾诉，只能倾泻于诗词之中。明月之夜，风清之晨，勉强与缪生谈笑两句，那滋味如凤凰伴山鸡，目光所及，心中所触，皆是对牛鼓簧，毫无意义。

这一切的痛苦，皆因缪生病故而结束。"孰料庸才短折，孱质孤嫠"，缪生之死，对她来说是一种解脱，也是一种折磨。孱弱新寡，如落花般飘零无依，她庆幸着新生活的开始，又忧虑着新生活的艰辛。

她本已心甘情愿地接受了命运的安排，怎知记忆中的良人竟重新出现，那么真诚、迫切地下聘求娶。这一日，她等了太久，太久……

信的末尾，她百感交集地写下了一段话："诚愿托身贵族，委质明公，挽桓君之鹿车，吹秦娥之凤管。"

愿与君偕老，投身相随。至于当年之事，唯愿君能谅之。

深爱一个人,从不会计较对与错。当年之事,是遗憾,是错过,他们都是受害者。

那日,柳颖读过信后,欢喜雀跃,立即卜日纳聘,生怕耽搁太久,再生变故。婚后,二人赌书泼茶,吟咏情性,本以为苦尽甘来,却难料祸从天降。

第二年，忽逢兵乱，百姓颠沛流离，民不聊生。逃难途中，夫妻二人不幸失散，柳颖寻了数月，终于，从一位妇人口中得知赵鸾鸾的下落。

那妇人交给他一封信，并道："（赵氏）临行时，知君必来相觅，留书托我，俾以授君。"

书云："妾鸾，爰从出适，忽值凶徒，颠沛流离，艰难痛苦，残骸余喘，与死为邻。备历危疑，幸存贞节。皇天后土，实所鉴临！将殒灭微躯，则自经沟渎。将混同末俗，则亵慢纲常。是以毁坏形容，偷存视息，虽落花无主，暂尔随风；而畜犬丧家，终然恋主。怆惶四顾，憔悴半生。肢体苟完，心胆俱丧。每遇穷檐夜雨，古道秋风。但有凝望眼穿，忆归肠断。壁灯半灭，泪尽眼枯；战鼓争喧，魂飞魄散。已分膏涂野草，血染沙泥。宁饲肉于乌鸢，肯委身于狗彘？效投崖之烈女，慕断臂之贞妻。讵意复被播迁，忽闻消耗，知君无恙。赎妾有期，敢邃捐生，遂更忍死。妾即今见在济南，周其姓氏，万户其官，缘系汉人，差若良善。君得书之后，速备金帛来赎。不宜迁延稽缓，恐一时调拨，则转移他处矣。百年伉俪，一旦分张。覆水再收，拳拳盼望。所宜深虑，早致良图，毋俾妾为阳台不归之云也。伏楮凄断，不知所云。"

这信中，是鸾鸾这一路的风霜雨雪。她走了很远的路，黑暗的路，痛苦的路。

"残骸余喘，与死为邻"，她离死亡曾那么近，孤身一人，于乱世中残喘，为保清白之身，不惜自毁容貌。那些日子，她如落花无主，如畜犬丧家，无所依靠，无所陪伴。

她曾在破旧的屋檐下避雨，也曾在凄凉的秋风中前行，古道漫漫，忆归断肠。原野之上，战鼓争喧，一声声，一阵阵，惊得百姓魂飞魄散。那一刻，她已准备赴死，骨肉化作春泥，鲜血染红黄沙，将生命结束于此地。

这一次，命运似乎格外眷顾她，她没有死在敌军的铁骑之下，而是被周家掳去，沦为浣洗奴仆。

柳颖得知鸾鸾尚在人间，立即备下金帛，赶往周家，赎鸾鸾归家。经过这场风波以后，夫妻二人已不愿久留繁华之城，城中四方离乱，前途未知，不如远遁深山，男耕女织，平淡过一生。

隐居山林，远离喧嚣，这大概是最好的结局，可偏偏，故事还未结束。

一日，柳颖出城之时，遇见了贼寇。

贼寇企图怂恿他入伙，道："闻公名久矣！当送田将军，任以官职，不患不富贵也。"

柳颖不肯顺从，并骂道："斫头贼！吾岂从汝反哉？"

贼寇闻言，怒杀柳颖。赵鸾鸾悲痛欲绝，积薪焚尸，望着那炽热的火焰，鸾鸾投于火中，相随而去。

世间哪有那么多的天长地久！这情有独钟的爱，这不负初心的人，即便历经苦难，却依旧不能白头。这一生，来时艰辛，走时疮痍，躲过了流言蜚语，避过了人性凉薄，还是未能圆满。终是时代之悲，乱世之祸。

若无战乱，若无横祸，他们的一生应很长，很长……

与君归去离恨天

——明代·郑氏《寄狱中书》

相公奉召入朝,家中即使人刺探。乃知上欲相公顺从,百计劝谕,以矢志不屈,遂致身入图圄。而廖镛、廖铭等又复入狱相劝。小子无知,皆事相公数年,乃竟屈于威武,淫于富贵,妄识大义,殊可恨也。

今得报,知相公又被召出狱,上和颜悦色,降坐温谕,请相公草即位诏,且谓:"朕法周公辅成功耳。"相公询以"成王安在",则曰:"自焚死。"询以"何不立成王子",则曰:"国赖长君。"因问:"何不立成王之弟?"乃曰:"此朕家事,先生毋过劳苦。"辄令左右授笔札,曰:"诏天下,非先生不可!"闻相公掷笔痛骂,谓:"死则死耳,诏不可草。"讵料竟批逆鳞,曰:"尔不畏死,独不惧九族之诛乎?"相公竟答以"十族何妨"。

相公激义殉忠,天地为震。妾等死有余荣,誓当含笑就义，相从地下。忠孝节义，萃于一门。他日灵归河岳，气耀日星，逝之日即生之年。惟亲族故旧，未免为吾家累耳。书至此，肝肠已寸寸断矣。握管心酸，不尽所言。

这是一封寄往狱中的信，狱中之人是她的相公，大明臣子方孝孺。

故事要从建文元年（1399年）说起，那一年，朱允炆因忌惮藩王权势，故密议削藩，先后削夺周、代、岷、湘、齐诸王，湘王自焚，其余皆废为庶人。燕王朱棣以诛"奸臣"，为国"靖难"为名，誓师出征，这便是"靖难之役"。

这场战争持续了四年之久，山河破碎，兵革满道，皇权之下，皆是累累白骨。

自朱棣起兵作乱后，方孝孺先后起草诏书、檄文，为建文帝出谋划策，直到叛军兵临城下，他还坚决请求守卫城池，以待援军，即使兵败，也应为社稷而死。

乙丑日，应天府城陷，一场混战中，皇宫起火，皇帝不知所踪。

太监指着烧焦的残骸道："这便是皇帝、皇后的尸骨。"

火光染红了应天府的夜，似要掩盖一切的罪恶，似要吞噬一切的真相。也就是这一日，一群黑压压的燕军闯进了方府，奉燕王之命，"请"方孝孺入朝。

郑氏望着那些军士的佩剑，又凝视着相公的侧颜，她有预感，相公这一去，便再也不会回来。

什么是绝望？是无法改变却要经历，是无法挽救却要面对。她一介深闺妇人，如何拯救自己的相公和孩子？唯有听从命运的安排，等待着死亡，或者宽恕。就好像知道了戏台上人物的命运，惧怕着结局，可又要欣然承受。

她来不及告别，他的身影便消失在了夜色中。

这一夜，于她而言，于天下而言，皆是如此漫长。每个人都在等待着结局。一朝天子一朝臣，或是平步青云，或是穷途末路，不过是顷刻之间的事情。

次日，方孝孺被召出监牢，大殿之上，朱棣和颜悦色地道了一句："赐座。"

朱棣请他起草即位诏书，并道："朕出兵靖难，只是效法周公辅佐成王罢了！"

周公，周文王的儿子姬旦。他辅佐武王灭纣，建立周王朝。武王死，武王之子成王即位，成王年幼，周公摄政。朱棣以朱允炆比成王，以周公自喻。

于是，方孝孺质问："成王何在？"

朱棣答："自焚而死。"

方孝孺又问："为何不立成王之子？"

朱棣狡辩道："国家有赖于成年之君主。"

方孝孺接着问："为何不立他的弟弟？"

朱棣已失去了耐心，厉声道："此乃朱家之事。"

说罢，他便命令左右侍者递出纸笔，道："昭示天下，非先生起草不可。"

方孝孺掷笔痛骂："死即死耳，诏不可草。"

他宁死也不愿起草诏书。

此言触动逆鳞,龙颜大怒,朱棣道:"你不畏死,难道不怕诛灭九族?"

方孝孺竟答:"诛灭十族又何妨!"

"九族"之说最早见于《书·尧典》:"以亲九族。"九族,为父四族、母三族、妻二族,而十族,则比九族多了一个朋友门生。

十族,那必是血染街市……

方府已无往日的欢笑,取而代之的是寂静凄凉。

郑氏端坐在堂前,仪态高贵,从容平静,未见一丝惊慌。趁着此时的宁静,她想回忆一下从前。他们执手相伴的日子,没有蜜语甜言,只有平淡清欢。她的相公心怀家国天下,常以宣明仁义治天下之道,达到时世太平为己任。

她知道,他绝不会苟活于世。

这时,门外传来急促的脚步声,是派去刺探情况的小厮回

来了,他将大殿之事的经过详细地说了一遍,最后,突然跪在地上,哽咽着道:"皇帝已下令,诛十族。"

郑氏闭紧双目,口中重复着相公的那句话:"死即死耳,死即死耳……"

她是方孝孺之妻,有风骨,有气度,早已将生死置之度外。只是,她也是母亲,望着自己的骨肉至亲,她心如刀绞。她望着族中亲友,叹道:"十族何辜!"

那夜,郑氏写下了《寄狱中书》。

信中,她写了方孝孺如何不畏强权,如何拒不从命。也曾有人千方百计地劝其顺从,由于他矢志不屈,致使身陷囹圄。后来,他的学生廖镛、廖铭又去狱中劝说,反被他痛斥一番。这两位也是跟随他多年的亲信,却被威逼所屈服,被富贵所惑乱,错认大义,尤为可恨。

金殿上,他痛骂篡位燕贼,宁死不屈。她懂他的气节,故而称赞道:"相公激义殉忠,天地为震。"

如今,他们便是死了,也觉得无上光荣。誓当含笑就义,跟随他一同长眠地下。忠、孝、节、义,萃集一门,他日,灵魂返回黄河五岳,浩气光耀日月星辰,逝世之时便是新生之日。只可惜,亲戚家族、世交好友,未免被连累。

此时,她已是肝肠寸断,手握毛笔,心中酸楚,说出的话语怎样也无法表达内心的思想。

这封信写到这里,便结束了,既没有儿女情长地回忆过往,又没有多愁善感地感慨无常。她的言语纯粹且平静,她要告诉他:你不必内疚,也不必悲伤,我们为大义而死,九泉之下，含笑而聚。

爱你，便要追随你的一切。你的信仰，你的坚守，都是我无惧死亡的力量。

信送进了狱中，而她也奔赴了死亡。

那个夜晚，郑氏及两个儿子中宪、中愈自缢身亡，两个女儿跳进秦淮河溺死。

这一年，六月二十五日，也是朱棣登上帝位的第八日。

应天府，聚宝门外，诛方孝孺十族，死者达八百多人，且将十族之人送至方孝孺面前诛杀，行刑七日方止。直到最后，朱棣才下令杀方孝孺，处凌迟之刑。

临行前，方孝孺作《绝命词》：

> 天降乱离兮，孰知其由？
> 奸臣得计兮，谋国用猷。
> 忠臣发愤兮，血泪交流。
> 以此殉君兮，抑又何求！
> 呜呼哀哉，庶不我尤！

百年以后，后人又将如何评说这段历史呢？是忠烈？还是迂腐？那个时代太复杂，未曾经历，又如何断言？他这样的文人，若有来世，便做个普通人吧，或许是私塾先生，或许是山野隐士，不必陷入庙堂之争，依旧心有光明。

而他身边，始终站着一位女子，愿同他去往天涯海角。

寂寞空庭春欲晚

——明代·徐妙锦《答永乐帝书》

臣女生长华门,性甘淡泊。不羡禁苑深宫,钟鸣鼎食;愿去荒庵小院,青磬红鱼。不学园里夭桃,邀人欣赏;愿作山中小草,独自荣枯。听墙外秋虫,人嫌其凄切;睹窗前冷月,自觉清辉。盖人生境遇各殊,因之观赏异趣。矧臣女素耽寂静,处此幽旷清寂之境,隔绝荣华富贵之场,心胸顿觉朗然。

乃日昨阿兄遣使捧上谕来,臣女跪读之下,深感陛下哀怜臣女之至意,臣女诚万死莫赎也。伏思陛下以万乘之尊,宵旰勤劳,自宜求愉快身心之乐。幸外有台阁诸臣,袍笏跻跄;内有六宫嫔御,粉黛如云。而臣女一弱女子耳。才不足以辅佐万岁,德不足以母仪天下。既得失无裨于陛下,而实违臣女之素志。臣女之所未愿者,谅陛下亦未必强愿之也。

臣女愿为世外闲人,不作繁华之想。前经面奏,陛下犹能忆之也。伏乞陛下俯允所求,并乞从此弗以臣女为念,则尤为万幸耳。盖人喜夭桃秾李,我爱翠竹丹枫。从此贝叶蒲团,青灯古佛,长参寂静,了此余生。臣女前曾荷沐圣恩,万千眷注。伏恳再哀而怜之,以全臣女之志愿,则不胜衔感待命之至。

徐妙锦给皇帝写了一封信,所有人都以为那是一封情书,所有人都必须那么以为,因为,这一次,求而不得的人是大明天子朱棣。

当她还未出生时,长姐徐妙云便已经是燕王朱棣的王妃。她十一岁那年,二姐徐妙清嫁代王朱桂为王妃。

那个时候,她就知道,徐家的女子绝不会下嫁平民百姓,她们只能嫁给皇亲国戚。因为,她们的父亲是徐达,大明的开国统帅,为大明江山创下了不朽的功业。

金钗之年,她时常出入燕王府,陪伴长姐左右,或是习字,或是读书。

长姐总是拿着厚厚一摞的《女宪》《女诫》,命她抄写,并语重心长地道:"锦儿,你日后也是要嫁人的,若不学会这些,怕是会被人耻笑。"

她眨着眼睛,疑惑地问:"我要嫁给谁?"

长姐微微一笑,"许是皇子吧!"

她追问:"哪位皇子?"

长姐端起茶盏,浅浅地抿了一口,方道:"你且等上几年,到时候,皇上自然会下旨赐婚。"

她轻叹了口气,将手中的宣纸狠狠揉成一团,扔进了燃烧的炭火里，听着"噼啪噼啪"的燃烧声，心情舒畅了几分。这是她表达不满的唯一方式，她似乎生来就有反骨，既不喜朱门贵府，又不喜锦衣华服。可是，她又能如何呢？她甚至都无法选择自己的命运。

后来发生了许多事情，纷纷扰扰，像是一场血腥的梦。皇帝驾崩，遗诏命皇太孙朱允炆继位，燕王朱棣叛乱，率军南下。应天府城破，朱允炆下落不明，朱棣即位，册封王妃徐氏为皇后。

一切尘埃落定后，徐妙锦再次见到了长姐。重重宫阙，红墙碧瓦，长姐依旧端庄、温婉、和善，长姐摘录《女宪》《女诫》，写成了《内训》二十篇，又类编古人的嘉言善行，写成《劝善书》，颁行天下。长姐告诉她："这是为了赢取民心。"

那一刻，她猛然发觉：长姐不再是从前的长姐，她已成为大明的皇后，她在极力助夫君"正名"。

四年后，长姐过世，听闻她临终前，还劝谏皇帝："爱惜百姓，广求贤才，明辨是非……"

丧钟声声，白衣素缟，徐妙锦很想问长姐，这一生到底值不值得？

奈何斯人已逝，她永远也得不到答案。

不久之后的一个清晨，徐妙锦奉诏入宫，这是自长姐过世后，她第一次独自面圣。对于这位皇帝，她始终是尊重的、畏惧的，哪怕他和颜悦色地谈笑，她的心也是一阵阵生寒。她了解自己的"姐夫",了解他的狠毒、残忍、绝情,更知晓他的龙袍上染了多少人的鲜血。

这样的人,是万万触碰不得的。

这样的人,是万万亲近不得的。

可是,偏偏这样的人,在临别时问她:"锦儿,你可愿入宫?"

入宫?是做女官?还是做妃嫔?她不知如何作答,又不敢直言拒绝,只能低声道:"臣女此生愿做世外闲人。"

几日后,徐氏宗亲探听圣意,得知皇帝的意思是聘而立之,继中宫之位。长姐一生都在为夫君而活,可她的夫君,却在她死后,要娶她的妹妹。真是荒谬。他是从何时注意到了她?初见之时?入府之时?还是更早?他又为何坚持娶她?因为徐家?还是因为她与长姐相似的容貌?

她自是不会应下这桩可笑的婚事。不仅仅是为了长姐,更是为了自己。如果徐府是一座牢笼,那么皇宫便是另一座大些的牢笼。她不是不知皇城的绮靡,只是,若以自由为代价,换取一袭沉重的华裳,终是不值得。

这日,宫中遣女官来宣谕,徐妙锦佯装着生病,叹道:"吾面着花,如何入宫?"

女官道:"面色如玉,何必自卑?"

徐妙锦指着脸上的小小麻点,冷声道:"吾相貌丑陋,不堪上配圣躬。"

而后,她又递给女官一封信,托她交给皇帝。

信中,她言:虽生于高门贵族,但性情淡泊。不羡深宫禁苑，钟鸣鼎食，唯去荒郊小庵，青磬木鱼。从不学园中桃花，邀人观赏，愿做山中草木，独自枯荣。

听着墙外秋虫的鸣叫，旁人觉得凄凉，望着窗前冰冷的月光，她却觉得清辉宜人。大概人生的境遇各不相同，因此，观赏景物的感受也就不同。她素日喜静，已寻得一处幽旷清寂之境，隔绝荣华富贵之场，心胸觉得颇为朗然。

她生来便不同于常人，自然不会以常人之心处世，便是入了宫，也是格格不入。当然，这个理由并不能说服朱棣，她又写下另一个理由："才不足以辅佐万岁，德不足以母仪天下。"

昨日，阿兄派遣使者捧上圣旨，她跪读之后，深感皇帝哀怜之意，她只觉："万死莫赎。"

这般情意，她便是死了一万次，也无法报答。

只是，皇帝乃是万乘之尊，勤于政务，应追求身心愉快之乐。他外有文武诸臣，手执笏板，出入殿堂；内有六宫妃嫔，佳人粉黛，多如彩云。而她，不过一介弱女子，才能不足以辅佐天子，德行不足以主中宫。

这里，虽未提及先皇后，却句句不离先皇后。她的才德自是不如长姐，又如何母仪天下？

若他聘娶她为继后，一来对他的江山大业毫无裨益，二来又违背她平素之愿。故而，她道："臣女之所未愿者，谅陛下亦未必强愿之也。"

她所不愿的事情，想必天子也不会强人所难吧！

她只愿做一个世外闲人，不留恋繁华尘世。之前，她已当面奏明，陛下应该还记得吧？只求陛下允许所求，不再以她为念,如此,便是万幸了。

世人都喜夭桃秾李,她独爱青竹枫叶。从今往后,她便青灯古佛,参禅清修,了此残生。

至于陛下的一番眷顾,她只能感念圣恩。只求陛下怜惜,保全她的志愿,不胜感激。

这封信的内容,是两个人共同的秘密。她的文字那般恭敬、卑微,仅仅是为了家族荣辱。她所面对的人,是大明皇帝,是长姐一生挚爱的男子。

她不理解,这个男子的心怎会轻易转移?所以,爱情到底是什么呢?二十八岁的她,想不出答案,只想到两句诗:"两草犹一心,人心不如草。"

天下最难之事便是揣测人心,更何况是帝王之心。徐妙锦亦明白,自婉拒帝王之日起,普天之下,无人再敢娶她。她也如信中所言,断发为尼,不再踏足红尘。

此后,朱棣再也未谈立后之事。许多年后,他也会想起她吧,想起纸上的文字,想起她的决绝、勇敢、无畏,那是他心底的意难平。

深山小庵,她行遍荒野,看尽了世间沧桑。

她的灵魂,生来便是立于高山之上,俯视平庸的世界,她不要世人艳羡,也不要爱人留恋,她要的是自由,无关金钱、地位、信仰,她只忠于自己。

或许,她左右不了自己的命运,但却能找寻一线生机。世间疑难,不过是舍与不舍,得与不得,若看不透,便困于命运的桎梏，执着难行，若看得透，便抛却一切，成为自己的主宰。

放下，便得平安。

从此萧郎是路人

——明代·刘秀华《答任芝卿书》

姊以陋姿,获亲吾弟。且喜居同梓里,更欣地接芳邻。夙托茑萝之谊,幸分砚席之辉。文字商量,疑难互晰。数年相处,两小无猜。虽在幼稚之年,已切景行之志。及夫叙久交深,愈觉情投意洽。欢苗爱叶,赖阿母而栽培;凤侣鸾俦,幸蹇修之撮合。

方谓终身有托,凤愿堪偿,不图好事多磨,良缘易阻。乃姊以晋妃奉召,遽尔辞家,滞迹都门,未由谋面,记得频行之际,辱承吾弟远道送行。临歧分袂,言与涕零。嗟乎吾弟!从此山川遥阻,寒暑几经。所恨闻问难通,竟尔鳞鸿莫达。然当时与弟小别,意谓越岁定可重逢。盖姊入宫探姊后,原拟早日西还,得以欢谐白首。讵料即遭幸御,且又册封昭妃。姊虽荷殊恩,实未尝忘弟。所恨阿姊鬼蜮,皇上昏淫,致使姊于吾弟一片真情,翻成虚意。

回忆花前斗草，月下联吟。一种相亲相爱之情，虽菡萏之并蒂，比翼之双飞，未足方其情谊也。追昔感今，不胜怅怅；思母念弟，曷任依依！虽宫闱邃密，殿宇深沉，而新愁耿耿，幽恨茫茫，断非重门深锁所能限也。所谓"鼓钟于宫，声闻于外"。姊心身两地，而室迩人遥，亦莫可奈何而已。此间耳目繁多，防范严密，正如身在樊笼，奋飞无由。虽亦有弟之心，而岂能遽尔解脱？亦惟有含忍须臾，且俟万一之冀而已。则凤昔之期，其俟诸来世之酬欤！呜呼痛哉！顷得来问，披读之下，觉行间字里，无限悲怀。弟心若此，姊恨何如？悠悠此情，未知何极。

刘家出了一位宠妃，晋妃刘秀媛。

一顾倾人城，再顾倾人国，那国色天香的美貌，京中人人皆知，无比风光，无比荣耀！

那日，刘秀华取出珍藏的字画，缓缓展开一幅画像，用帕子仔仔细细地拂去灰尘。她抚着画中美人，唤了一声："姐姐。"

她的姐姐，那般温婉和善，小时候，总会揽着她的肩膀，轻轻哼着小调。那样的时光一去不返，此时，姐姐应该居椒房，枕玉石，听雅乐，焚奇香。她并不羡慕姐姐的人生，华丽的背后是看不见的辛酸，那红墙碧瓦之下，又藏着多少阴谋诡计。她，绝不愿成为第二个姐姐。

她只想求得一位良人，做一对平凡的夫妻。

良人，她的脑海中又浮现出那人的身影，《诗经·卫风·淇奥》云:"有匪君子,如切如磋。"说的正是她所倾慕的君子。

她的君子,是青梅竹马的表弟任芝卿。不知从何时开始,他们总是形影不离,一同成长,一同嬉笑,他们是彼此的依靠,温柔且唯一。

每一个明月夜,她的神思都随着清风飘向了远方,期待着凤冠霞帔,期待着粗茶淡饭……

只是,一场变故摧毁了所有的幻想。

那个寻常的午后,她正与母亲品茗赏花,只见小厮疾步走过来,低声道:"内官来了。"

听到"内官",必是有关姐姐的大事。她跟随母亲去了前厅,内官打量了她两眼,问道:"这便是华姑娘吧?"

"是。"她淡淡地答了一句。

内官谄笑道:"晋妃近来思念家人,遂召姑娘入宫陪伴一段时日。"

闻言,父母的眉眼皆露出喜色,她也欣然应下,约定次日启程。

临行之时,任芝卿也来了。

他问:"多久能归?"

她答:"一年方归。"

他沉默片刻,折下一枝细柳,递到她手中,承诺道:"等你回来,我便娶你为妻。"

他送了很远的路,十里长亭,执手相看,不像暂别,竟似永诀。那时，她真的以为数月方能归家，却不想，一入宫门，再无归家之日。所谓的姐妹重逢，竟是一场精心谋划的骗局。

紫禁城，"金阮玉阶，彤庭辉辉"，刘秀华颔首低眉，默默跟在内官身后，直到见了姐姐，才稍稍松了口气，温柔地唤了一声："姐姐。"

刘秀媛眼中泛着泪水，挽着她的手，说了许久的话，姊妹二人仿佛回到了年少的日子，谈笑风生，悠闲惬意。

直到一袭龙袍出现，打断了她们叙旧。一屋子的宫人、内官齐齐跪下，高呼："参见皇上。"

她也学着姐姐的样子，跪在地上，拜了又拜。

不曾想到，仅是一面之缘，却让皇帝刻骨难忘。数日后，一个雷雨交加的夜，皇帝宠幸了她，黑暗中，她仿佛听到了灵魂的哭泣，仿佛看见了未来的颓败。

从此，天下再无刘秀华，人们唤她"昭妃"。

昭，本意是阳光明亮。可是，她的人生怎能寻到光亮？

姐姐劝道："今后，我们姐妹同心，何愁无恩宠？何愁无子嗣？"

这一刻，她终于知道，自己只不过是姐姐争宠的棋子。什么姊妹情深，姐姐早已不是当年的姐姐，她是晋妃，是大明天子的晋妃，她的心中有权势，有欲望，唯独没有良善。

紫禁城的花落了，风吹过，那落红飘得很远很远，却飘不到红墙之外。

她梦见白雪纷飞，故人撑伞而来。

宫门一入深似海,从此萧郎是路人。

她的萧郎,已经踏上了进京之路,冒着生命危险,贿赂内官,只为递去一封书信。

深宫内苑,刘秀华凝视着笺上熟悉的笔迹,内心再也无法平和。他来了,寻她而来,仅有一墙之隔,但却是相隔一生一世,那么近,又那么远。

夜深无人之时,她紧闭殿门,悄悄写下回信。

"姊以陋姿,获亲吾弟",当年,并不完美的她,遇见了俊秀的他。他们是表亲,又是同乡比邻,有着茑萝之谊。茑萝,出自《诗经·小雅·頍弁》:"茑与女萝,施于松柏。"茑与女萝都是善于攀缘的蔓生植物,这里是指二人的亲密情谊。

年幼时,两个人共用一张座席、一方砚台,作文章时商量探讨,遇疑难时一起分析,相处数年,两小无猜。虽年纪尚小,却已互有仰慕之情。许久之后,越发觉得情投意合。"欢苗爱叶,赖阿母而栽培;凤侣鸾俦,幸蹇修之撮合。"父母也

应允了他们交往,又有媒人撮合,成就凤凰齐飞。

她以为终身有了依托,能得偿夙愿,没想到好事多磨,良缘受阻。她奉召入宫,匆匆辞家,滞留京都,不能相见,皆是无可奈何。

记得临行之际,他远道送行,分别时,声泪俱下。从此山川远隔,几度寒暑,只恨音讯难通,书信难递。本以为一年之后定能重逢,怎料世事多变。她入宫探望姐姐后,拟早日归家,得以与他白头偕老。岂料,遭到了皇帝的宠幸,又被册封为妃。

她虽受尽恩宠,却从未忘记芝卿。恨只恨,姐姐的阴谋手段,皇帝的昏庸荒淫,致使她负了他,那一片真心成了虚情假意。

回忆花前斗草,月下联诗,即便是荷花并蒂、比翼双飞,也难比二人深情。追忆往昔,今朝有感,不胜惆怅,她念着阿母,想着芝卿,多少依恋,多少不舍。

宫闱幽深,殿宇深沉,新愁耿耿,怨恨茫茫,此愁此恨非重门深锁能限。

《诗经·小雅·白华》中写:"鼓钟于宫,声闻于外。"

这句话的本意是,宫中敲钟,声音可传到宫外。此时,她的处境正像书中描写的那般,身在宫闱,心在彼端,身心两地,虽相距甚近,却咫尺天涯。

此处耳目众多,防范森严,正如身在樊笼的鸟雀,奋飞无由。

她何尝不想逃离呢?只是,哪里能逃离!唯有忍耐须臾,等待着万分之一的希冀。所谓希冀，不过是妄想。

昔日之约，恐怕要等到来世了。

她读着他的信，只觉字里行间浸着无限悲伤。君心如此愁怨，她的恨又如何形容呢？悠悠此情，不知何年何月才是尽头。

深夜，她将那封信交给内官，望着内官远去的身影，她默默希望：他可以寻得一位佳人，那颗真心再不被任何人辜负。

太多的解释都是苍白，该留下的人不会走，该走的人不会留。

他们终要走向不同的路。

后来，她再也没有他的消息。

人人皆知，昭妃一生无子无宠，不争不抢，安然度过数十年的深宫岁月。宫人仅仅知道她是昭妃，后来，又成了太妃。

她总爱登上高楼，望着远方。故乡很远，道路很长，故人不会撑伞而来……

傍晚的风微凉，她看向窗外的光景，杨柳萧瑟，其叶菱黄，才觉又是一年秋时。

红墙锁清秋，是离愁，是烦忧。

她孤独地熬着时光，熬得自己满鬓白发，熬到她身心俱疲。终于，这一年的寒冬她等不住了，那漫天的冰雪似乎在催促她离去。她步伐蹒跚地走在雪地上，红颜易老，奈何相思，与君生别离，人生长恨水长东啊！她就这样走着，走着……

听说，太妃薨了，享寿八十六岁。

旧愁新恨几重重

——明代·刘翠翠《答金静安书》

伤哉吾哥，今生意谓无相见之日矣！夫时隔八年，地违千里，世当丧乱，境处幽窘，纵使竭尽毕世之功，踏遍天涯之路，亦复难于团合，奚自追寻？何况门禁森严，闾闬深邃，既不容擅越雷池；抑且兵燹频年，棘荆载道，更难于独冒风尘。心愿两违，恨愁交并。然而破镜重圆之望，还珠合浦之期，常自馨香默祷，寝食难忘。而吾哥之音容笑貌，与夫昔日之唱随切磋，更未尝一日去怀，亦只有徒唤奈何而已。

回思妹与吾哥，自幼相交，青梅竹马，两小无猜，则情逾骨肉；长而同窗，结为腻友，学问攻错，文艺商量，则爱如连理；比及成年，燕尔新婚，鹿车共挽，鸿案相庄，则又相敬如宾。此二十余载之中，情好之笃，蔑以复加。自谓普天下多情之侣，何以逾此哉！乃焉知砚席结于半生，衾裯终于五月。一朝诀别，八载分飞。此日欣逢，徒增惆怅。毕身苦恨，难事销除。嗟乎！生已负君，死当相从耳。

方昔日小竖传呼，谓有阿兄相访，骤闻之下，颇觉惊惶。窃思不远千里而来，其必吾哥无疑；苟不然，复有伊谁？此时柔肠寸断，五内如焚。及抵堂前，则果见吾哥。始而惊，继而喜，终则悲之不胜。平日虽有百种相思，千般离恨，而相见之下，竟自欲诉无语。兼之将军在旁，纪纲侍侧，更多嫌忌，启齿为艰。然而心如利刃之攒，泪已夺眶而下矣，不得已忍悲退入。自此终朝愁念，竟夕焦劳。默忖吾哥容颜憔悴，衣服敝污，自必以关山千里，跋涉数年而致此。吾哥困顿道途，游离沟壑，出入锋镝，冒突风霜。为妹出生入死，沐雨栉风。吾哥之力惫矣！吾哥之心伤矣！嗟乎！吾哥之情隆矣，泰山不足以喻其高也；而妹之罪亦大矣，东海不足以况其深也。其何自蔽厥辜，而报吾哥之德哉！

伏思当日提携出走，仓皇相失之时，悲惋惊骇，莫可言状。奔波日夜，杂沓东西，涉水逾山，攀藤扪葛，餐风宿露，断梗漂萍，苦不胜言，几频危殆。想吾哥千里来此，其苦况更当十百倍于此也。吾哥之冒死相寻，无非为妹一人；而妹之忍死须臾，苟延残喘，亦无非欲冀与吾哥一晤耳。乃不幸俘虏随军，驰驱异域，东西莫审，日月蹉跎，弥久弥行，弥行弥远。兵事稍定，遂抵湖州。当时窃念离家已逾千里，必无生还之望。但吾哥恩情深挚，必至相寻，故忍辱偷生，惟求一晤而死。今吾哥果远道而来，妹则大错已成。虽然抱恨终天，顾妹之初誓必践矣。

呜呼！此生不能报吾哥，必当报之于来生。此生不能续旧盟，必当续之于来生也。吾哥英年硕学，前程远大，惟望努力自爱，强饭加餐。取贤妇非难，擢巍科亦易。幸弗以妹为念。谨布腹心，掬诚奉告。附答小诗一律，聊志哀思。妹誓约之语，丝当践行，决不有负也。纸短情长，言尽于此。惟冀垂悯，不胜呜咽。

湖州，将军府，虽非天上神仙府，自是人间富贵家。

金静安疲惫地站在朱门前，既不敢进，又不愿退。他走了很远的路，过了长江，进了润州，又往临安，又奔绍兴，草眠露宿，夜住晓行，终于到了此处。

府中的仆人询问："秀才有何事？"

他道："战乱之时，有一妹子走失，闻得在贵府，不远千里寻访到此，欲求一面。"

仆人问："姓甚名谁？"

他道："她姓刘，名翠翠。"

仆人点点头道："将军确有一位专房宠妾，姓刘，识得字，做得诗。"

厅堂内，金静安见到了将军，也见到了"妹妹"。

她唤了一声："哥哥。"

又问了句："父母安否？"

二人一言一语，骗过了所有人，其实，他们并非兄妹，而是失散多年的夫妻。

许多年前，当他们还是少年时，便在学堂读书，同笔砚，同纸墨，学堂诸生打趣道："你们两个一般聪明，又是一般的年纪，日后必定是一对夫妻。"

后来，他们当真成了夫妻，海誓山盟心已许，枕边眉黛语频频。谁料，乐极悲来，朝政失纲，四方战乱，兵至淮安城，李将军闻得刘翠翠之名，率兵劫走。待到天下安定之后，金静安一路寻访，数年后，方找寻到妻子。

只是，昔为同林鸟，今作分飞燕，他的发妻已是将军之妾，物是人非，相见难为情。二人只能以兄妹相称，幸亏李将军并未生疑，甚至还邀金静安在此安住。

他们虽同住将军府，却是深闺隔绝，不得相见。正逢秋时，西风骤起，白露为霜，他思念着妻子，便作一首诗："好花移入玉阑干，春色无缘得再看。乐处岂知愁处苦，别时虽易见时难。何年塞上重归马？此夜庭中独舞鸾。雾阁云窗深几许？可怜辜负月团团！"

欲将笺纸寄故人，又恐泄露风声，思来想去，生出一计，他拆开了旧袍的领线，将诗藏于领内，外边仍旧缝好，交给仆人，递给仆人一袋钱，嘱咐道："近来天凉，旧袍污秽不堪，你替我交给妹妹，让她拆洗拆洗，缝补缝补，再拿来与我。"

仆人见钱欢喜，并未推托，便将衣服交给刘翠翠。

刘翠翠如此聪慧，知晓其中必有缘故，她从头到尾细细地看了一遍布袍，再拆开衣领，便发现了那封信，读罢，哽咽流泪，也写下一封信函，封于衣领内，付还金静安。

信中，她还是称他为"吾哥"。"今生意谓无相见之日矣！"这一生，她还以为没有相见之日了。

八年,时隔整整八年,相距千里,世道丧乱,处境困迫,纵然她用尽毕生精力,踏遍天涯海角,也再难团圆,又如何去寻找他呢?

乱世之中,女子从来都是身不由己的。她说,将军府门禁森严,不容许她擅自越过雷池半步。战火连年,道路险阻,更难独自冒着风尘前行,心与愿违,愁恨交集。然而,她的心中尚有破镜重圆的希冀,合浦还珠的期待。她也时常焚香默祷,寝食难忘,想着他的音容笑貌,记着与他唱和切磋。但是,相思又能如何?只有空叹罢了。

她回忆着二人的往事,幼年相识,青梅竹马,两小无猜,情感超越了骨肉至亲。长大后,同窗读书,结为挚友,专研学问,探讨文艺,爱如连理枝。到了成年,男婚女嫁,情意绵绵。她用世间最美的词语来赞美这段婚姻:燕尔新婚、鹿车共挽、鸿案相庄、相敬如宾。

这二十多年中,感情笃深,无以复加,普天之下的多情之侣,又有谁能超越他们?哪知共用砚席的缘分于半生便结束了,同用被褥的缘分也于五月就终了了。一朝诀别,八载分离。如今,欣然相逢,徒增惆怅,毕生苦恨,难以消除。生时辜负了郎君,唯有死后相随而去。

那日,家中小厮传呼,说"有阿兄来访",猛然听闻,颇觉惊惶,又默默揣摩"阿兄"不远千里而来,必定是他无疑了!若不是他,还会是谁呢?顿时,肝肠寸断,五内俱焚。堂上见到他,又惊又喜,悲不能自抑。平日虽有百种相思情,千般离别恨,可到相见之时,竟欲语却无话。加之将军在侧,奴仆在旁，恐生嫌疑，启齿艰难。然而，心如利刃穿过，泪已夺眶而出，不得已，只好忍住悲伤，退回内室。

从此以后，朝愁暮念，默默忖度：郎君容颜憔悴，衣衫污皱，必定是行过关山千里，跋山涉水多年而到此。一路困苦劳顿，在沟壑中流离，在刀锋中出入，在风霜中穿行，为她出生入死，沐雨栉风。

惫矣！伤矣！他的身体是疲惫的，他的内心是伤痛的，如此情深义重，泰山都不足以比喻其深情。她呢？她认为自己的是有罪的，其罪之深胜过东海之水。如何能减轻她的罪过，来回报他的恩德？

回想当年逃难之时，仓皇失散，悲痛惊惧，无法用言语来形容。日夜奔波，慌乱不安，涉过水，翻过山，一路风餐露宿，如折断的草梗，如漂荡的浮萍，苦不堪言，屡遭险境。她想，他从千里之外来此，所受之苦应是她那时的十倍百倍。

他冒死相寻，无非是为了见她一面，而她，苟活于人世，

也无非是希望与他再见一面。那时,她不幸被俘,奔走他乡,辨不清方向,岁月蹉跎,越走越久,越走越远。等到战事平定,人已到了湖州,离家已过千里,必无回乡之望。可她坚信,他必定寻来,故而,忍辱偷生,唯求一见。

今朝,他果然远道而来,可她已铸成大错。她的信中反复写着一个"错"字,这错,是命运的捉弄,又与她何干?乱世之中,她如何能主宰自己的命运?可她偏偏不肯原谅自己。她懊悔,她抱恨,她竭力履行当初的誓言:"此生不能报吾哥,必当报之于来生。"此生不能续旧盟,必当续之于来生也。

来世,再报恩情,再续前缘。至于今生,他英年高才,前程远大,只愿他努力自爱,强饭加餐,再娶良人,再考功名。

她说:"幸弗以妹为念。"

以后,不必将她放在心上了。这便是她全部的真心话,信的尾处,她又写了一首诗:"一自乡关动战锋,旧愁新恨几重重。肠虽已断情难断,生不相从死亦从!长使德言藏破镜,终教子建赋游龙。绿珠碧玉心中事,今日谁知也到侬。"

金静安读罢其信,感切伤痛,终日茶饭不思,遂抑郁成疾,无药可医。他的挚爱,成为别人的妻子,近在咫尺,却又仿佛远隔天涯,如何能不痛苦?人有生老千万疾,唯有相思不可医,若能等到白头时,何愁相思不可医?只可惜,人世多艰,章台之柳,早已折于他人之手。

他的病在于心,郎中也是束手无策。

那夜,刘翠翠恳求将军,再见"兄长"一面,将军应允,这是夫妻第二次相见,也是最后一次相见。

她挽着他的手说了许多的话,一声声唤着:"哥哥。"

他听见她的声音,强抬起头,望着眼前的女子,多想唤她一声"娘子",他也知自己已没有那种资格。他只是静静地枕在她的膝上,溘然长逝。

此后,刘翠翠精神恍惚,坐卧不宁,染成一病,不肯服药,终也香消玉殒。

她曾在诗中写到"生不相从死亦从",此诺,也兑现了。

问世间情为何物,直教人生死相许。情,是牵绊,是救赎,生生死死,今生来世,永不休止。这一世,一个寻,一个等,不知经历了多少寒冬,终于相逢。只是遗憾,直到生命的最后,连一句"爱你",也未能说出口。

寸心不忘深恩

——明代·柳儿《遗文郎永别书》

红粉飘零,青衣憔悴。柔情薄命,遗恨千秋。命也何如,时乎不再。生离死别,春往秋来。黯然销魂,悲哉永诀。

一年行乐,月何事而频亏?三月艳阳,草何心而更绿?银釭夜夜,愁添鹦鹉之杯;锦帐年年,恨积鸳鸯之冢。郎非负义,妾岂忘心!才子风流,绮罗如梦。阿侬心事,云水成尘!沧海珠归,于今绝念;昆山玉碎,无用偷生。看路畔之萧郎,恨河间之婑女。朱栏独倚,绿绮空焚。已矣何言!哀哉自悼。使后人知我心者,春酒一樽,秋江两泪,吊我于夜台之下,则蔓草青烟,兹恨不朽。庶有以报君之恩,完郎之志。

嗟乎文生!芦花江上,柳絮楼边,烟雨凄然,知郎心矣。郎心若此,妾恨如斯。葳蕤之锁九重,难遮去梦;婉转之山千迭,不断来愁。恨耶恨耶!寸心不忘,千里如重闹耳。新旧忽移,匪红楼之自眩;屠沽相对,比青冢而尤哀。天乎?人乎?

果何道乎!

一夜冷雨,水中芙蓉谢去,留得残荷听雨声。

女子撑着泛黄的纸伞,缓缓前行,如落英般凄楚的身影,像是随时会消失于秋色中。冷风袭来,她觉得有些不适,轻咳出声,面色更添了几分苍白。

院门紧紧地锁着,她出不去,别人也进不来,此处,便是她的牢笼。

偶尔,她能听见外面的咒骂。

"狐媚!不得好死!"

"这女子算什么东西?竟想着勾引大户人家的公子!"

"她住在这里,只怕是脏了整条巷子!"

这样难听的话,她听了不知多少,听着听着,便也习惯了。

有时候,她也会觉得自己是不堪的,是肮脏的,是贪婪的,她想要的太多,想要爱情,想要名分,想要相守,到最后,她一无所有。

她的爱,如她的人一样,卑微至极。

柳儿,是她的名字,一个侍女的名字,她是云间人文生的侍女。还记得初见时,他是温润如玉的贵公子,她是目不识丁的小丫鬟,他安寝时,她在旁守夜,他作画时,她在旁研墨。

那日,文生问她:"你可有表字?"

她摇了摇头,道:"穷苦人家的孩子,无字。"

他笑道:"我送你一字:荷香。"

她问:"典出何处?"

他道:"晏公有词:'长爱荷香,柳色殷桥路。'"

既然她叫荷香,那他便赠她满池荷花,愿万丝垂杨柳,长伴一池香。此后数载,他教她识字、读书、写诗,两人日久生情,情丝暗结。

月下清风,一度动情,七夕夜,他指着天边的两颗星星,道:"柳儿,我们要一生一世不分离。"

柳儿望着星星,一言不发,那是牵牛织女星,牛郎和织女的结局是什么?她这般卑微的人,又如何能成为他的妻?他只说了一生一世,并没有说会娶她。

男子的话,还是可信的。一生一世,他为公子,她为侍女。

不久,文生的父母便为他安排了一桩婚事,才子佳人,门当户对。文生大婚之日,柳儿同许多侍女一样,去说了贺词,讨了赏钱,然后,独自站在寒风中,望着花烛染红的洞房,一夜未眠。

爱吗?爱吧!可是,他已经有妻子了。虽说男子有三妻四妾,可谁又甘心为妾呢?

大婚以后,文生也给了柳儿一个新身份,婢妾。这个身份,是一切祸事的开始。文生之妻容不下柳儿,嫉妒也好,厌恶也罢,她见不得那两个人的儿女柔情,更受不了夫君的冷落疏远。

身为正妻,她掌握了管家之权,便开始不顾一切清除异己，命人将柳儿逐出府邸。

一个被逐的婢妾，世人又将如何贬低她？辱骂她？生活之压，流言之苦，相思之痛，早已将她的灵魂撕碎，天地之大，却无她的容身之处。

两个女子都没做错什么，一个捍卫婚姻，一个捍卫爱情，注定是一世的敌人。那么，究竟是谁错了呢？或许，不该归咎于文生一人，可他到底还是负了正妻，又负了柳儿。

柳儿离去后，文生数次飞鸿迢递，以诉深情。明明护不了她，又偏要藕断丝连，他的爱，成了她的执念，成了她的枷锁，让她牵肠挂肚，让她痛苦难言，最后，生生将她推向了死亡。

她是多么绝望，才会选择亲手结束自己的一生。

又是多么无助，才会写下这封《永别书》。

落花再无重返枝头之日，浮云亦无重归旧山之时，她知道，她一直都知道：再也不能一生一世了。

"红粉飘零,青衣憔悴",一生飘零,满怀憔悴。红粉,旧时借指年轻女子;青衣,汉代以后,卑贱者服青衣,故称奴仆为青衣。这般柔情,这般薄命,留下了千秋难平的怨恨。

命运如何呢?只道一句:"时乎不再。"

过去的时光不会再来,未来的时光与她无关。生离死别,从此不见春往,不闻秋来。黯然销魂者,唯别而已,这一次,是永别。

一年之内,相爱作乐,可月亮为何圆了又缺?三月风光,艳阳高照,可草儿为何绿了又枯?夜夜独坐银灯之下,愁绪填满了鹦鹉杯。年年卧于锦帐之中,恨意堆积了鸳鸯坟。

"郎非负义,妾岂忘心",一个没有寡情负义,一个没有忘记初心,却已回不到从前。对男子而言,不过是经历的风流韵事,如梦一场,可是,对女子而言,却是无数希冀,像云水般化为烟尘。那沧海珠归的念头也彻底断绝了,此刻,心如昆山玉碎,不愿继续偷生人间。

她"看路畔之萧郎","恨河间之姹女",望见相爱之人,心中又是羡慕,又是怨恨。只能独倚朱栏,空焚古琴,叹道:"已矣何言!"

罢了!罢了!还能说什么呢?悲哀自悼吧!

倘若后人能知晓她的心事,愿以春酒一樽,两行泪水,于坟前吊唁,那时,她的幽恨与深情就会像蔓草青烟,不朽不灭。也许,只有如此,才能报君之恩,完郎之志。

芦花江上,柳絮楼边,烟雨凄凄,知郎深情。郎心如此痛苦,妾恨如此悠长,哪怕是朱门显赫,门深似海,也难以遮挡梦魂飞越，哪怕是山峦重叠，曲折回环，也不能阻断愁怨袭来。

她写着"恨耶恨耶"，又不知该恨谁。有太多可恨之人，有太多可怨之事。寸心不忘君，虽隔千里，犹如同居深闺。新与旧忽然变换，并非她看不清，而是她难以接受。若要她与俗物朝夕相处，比让她死去更觉哀痛。

今日之悲剧，是天之错，还是人之过，谁又能说得清？

文生读到这封信时，柳儿已不在人世。

如果坚持，如果信任，如果相爱，这条路本可以走得很远很远……

我们错过太多，错了太多，回不去的不是我们，而是时间。

晏公有词："长爱荷香，柳色殷桥路。"

长爱荷香，长长久久的爱呢？

花开花落，爱恨别离，皆是自然之事，为何要遗憾呢？因为，不能选择吧！她选择不了出身，选择不了命运，唯有生死，可以选择。

多年以后，还有谁记得逝者？

庭前花开绚烂，他依旧是富贵人家的少爷，枕边娇妻，膝下孝子，欢喜早已替代了旧伤。

他从未背叛，却也未守护，这何尝不是一种辜负！

听，残荷落了，碎了一池的梦。

朔风如解意

——明代·戚继光妾《上戚大将军继光书》

敬上大将军麾下：妾等自奉夫人命遣别以后，初意本拟共赴清流，抛却红尘，以了残生。然窃思事非出于将军本意。将军深恩厚爱，未可遽忘；况爱儿被攫，亦未忍遽离。辗转思维，姑复偷生人世，惟希万一有相见之期耳。

虽然求死既不获，而图存亦殊难。拊膺自嗟，彷徨四顾，扰扰尘寰，茫茫恨海，未识何处是妾等归宿地也。幸得此间定慧庵老尼悲其所遇，亟相劝慰，拯而留之。而妾等自经此变，已澈悟世情，因皆披剃为尼。终日惟参禅焚香，常宣佛号，为将军及爱儿祝福，并忏悔妾等前愆。然既经剃度焚修，身已为世外闲人，自当无所挂碍，万念皆空。奈每于独拥寒被，梦回午夜之顷，犹觉爱儿酣卧怀中。此情此景，悲痛奚如。因此往事重重，一齐堆来心上，更难排遣。而于风雨凄其之夜，鱼磬销沉之时，回忆将军之隆情，爱儿之嬉笑，直如万箭攒心。

嗟乎伤哉！妾等自审命薄，不能终身事将军，惟遥谂将军则越岭登山，穿林度涧，率百万雄师，征鞑靼，平倭寇。攻寨毁垒，陷阵褰旗，所向披靡，叠建奇勋。未识胜凯归旋，于解甲释胄之余，对夫人而弄稚子，得能推爱屋及乌之心，而犹念及妾等否也？窃念将军此时，正功业巍巍，升秩封赏，区宇讴歌，未必复以儿女之情，萦扰心曲也。果尔则合浦无复珠还之望，破镜难俟重圆之期矣。思之思之，心犹未死，特再合辞冒昧上渎，不胜迫切待命之至。

狼烟烽火，马革裹尸，这是男子的战场。

情深憔悴，花前旧梦，这是女子的守候。

一场风雪，染尽人间天地白，朔风哀，草木衰，离人从此去，不见故人来。

将军府，王氏抬手将窗子支开些，忽而，寒风卷雪，迎面扑在脸颊，她轻叹："知岁一寒，又是一冬。"

这将军夫人，她已做了数十年。不知怎么，竟有一丝厌倦

了。曾经的她，也是那般单纯，见山是山，见海是海。

尼姑庵，三个女子清扫着阶前落雪，她们是将军的妾室。因王氏多年无子，将军遂纳沈氏，一年后，沈氏依然无子，将军便纳了陈氏，陈氏生三子，即戚祚国、戚安国、戚报国。后来，将军又纳杨氏，生一子，即戚兴国。

王氏素来刚烈，得知戚继光的所作所为，将其妾尽驱，诸妾不忍将军为难，便远去异乡，披剃为尼。

同为女子，竟逼得彼此无路可退。

这封信是三个女子的爱情与无奈。

敬上大军将麾下，她们这般称呼他。

将军啊！我们的将军啊！

自从妾等奉夫人之命，遣别出府，本打算一起投江，抛却人世，了结余生。然而，私下又想，此事本非将军之意。将军如此深恩厚爱，妾等未敢忘记，更何况爱子被夺，妾等亦不忍心离去。

思来想去，只好偷生于人生，唯盼相见之期。

如今，已是求死不得，求生艰难。徘徊人间，四顾茫然，扰扰尘世，茫茫恨海，不知何地才是落脚之处！

幸而有一座定慧庵，尼姑悲妾等遭遇，多方劝慰，并留妾等在此安住。经此变故，妾等已勘破世道人情，皆削发为尼。终日参禅烧香，常念佛号，为将军及爱子祈福，为自己的过失忏悔。

既已焚香修道，此生便是世外闲人，自应无所牵挂，万念皆空。无奈每逢寒夜，独自拥被，梦境之中，犹觉爱子酣睡于怀中。此情此景，甚是令人悲痛，往事重重，一齐涌上心头，更是难以排遣。

风雨凄凉之夜，木鱼消沉之时，回忆起将军昔日情意，爱子嬉笑打闹，简直如万箭攒心。

妾等自知命薄，不能终生侍奉将军，唯有遥遥思念，愿将军越长岭，登高山，穿丛林，渡深涧，率领百万雄师，征鞑靼，平倭寇，攻破堡垒，冲锋陷阵，所向披靡，屡立奇功。

不知将军胜利归来，与夫人相聚，与爱子嬉笑时，是否会爱屋及乌，念及妾等？

妾等暗暗想着：此时，正是将军功业巍巍之时，升官封赏，讴歌颂扬，未必再以儿女之情扰乱心曲。若如此，我们便是复还无望，破镜难圆。

想着想着，心还不死，便以此信冒昧上渎，迫待答复。

只是，将军又如何答复？

他可驰骋疆场，可手刃敌寇，偏偏这深宅之事，他做不了主。他与夫人，是多年恩情，与妾室，是枕席之欢，皆辜负不得。

没有答复，便是最好的答复。

他什么也不做，什么也不说，只是等待着，直到夫人过世，才将妾室接回府中团聚。

人间众生，各有苦楚，活在时代的规则之下，女子有坚持，男子有责任，谁也没错，又尽是错。

多情未了身先死

——明代·马守真《致王百谷书》

妾秦淮筑室，小住萍踪。略蓄雏环，聊供肆应。乃风流学士，裘马少年，诗酒流连，几无虚夕。盘桓妆阁，竟引为殊荣。是以再拓隙地，更建回廊。池馆清疏，莳花木以招蛱蝶；楼台幽静，扫曲径以延嘉宾。酒绿灯红，灯光灿烂；歌声舞影，舞态翩跹。时亦不少貂冠珠履之流，绸缪缱绻，朝朝暮暮，无尽无休，泄泄融融，如胶如漆。但曲终人散，事过情迁。回想前尘，便如梦幻泡影矣。

自从檀郎辱临寒舍，一见倾心，两情欢洽。迨酒阑人去，送客留髡，此夕爱情，何以逾之？时妾少负盛名，谬承公子王孙，奖饰逾恒，推为六院之冠。以是艳羡者固多，而嫉妒者也不乏其人。乃不谓竟有官场败类，落魄才人，勾结不肖吏胥，横施强暴，借索逋为词，以逮捕相恫，索诈数度，攫金半千。奈所蓄既尽，而欲壑未填。时则幸得西台御史与檀郎有旧，得檀郎请为居间，慨然俯允，始获解围，幸免鱼肉。此情此德，耿耿于怀。妾欣幸之余，无以克报，窃思郎既有心于妾，妾惟委身于郎，而郎谓："余岂欲得汝而援手乎？脱人之危，而因以为利，去厄之哉几何？古押衙而在，匕首不陷于胸乎？"噫嘻！是蔼然仁者之言也。郎意良厚，我心维坚。第溯自妾受兹惊恐，卧病河房，而郎亦径反吴门，未遑相送。从此一别，后会何期？昕夕相思，形之梦寐。然此身不及相从，终难自释。以前迹象，若干年来，时时入我梦中。

迨此次贵友吴公来白下，遥承寄语，藉谂起居佳胜，欢忭奚如。并闻菊秋望日，为檀郎寿辰。届时妾当买楼船，载婵娟，专赴吴门，捧觞上寿也。身未登程，神已驰依左右矣。释晤非遥，虔候晋福。

秦淮河畔，幽兰盛开，故人如旧。

马湘兰，这个名满金陵的名妓，已走过五十余年的岁月。街头巷尾，依旧流传着她的风月雅事。或真，或假，总是五味杂陈，对错难解。

画舫之上，她迎来一位姓吴的客人，那客人道："王公一切安好，如今寿辰将近，愿与汝相见。"

寿辰，他七十岁的寿辰。原来，他们已经相识那么久了，久到花笺泛黄，久到烟花散尽。

花开花谢，似乎，一切都未变，似乎，一切都已变。

他叫王稚登，字百谷，初见之时，他还是一个落魄才子，偶然间推开了幽兰馆的雕花木门，饮过数盏酒后，才缓缓道出那些官场往事。他的失意，他的不甘，他的堕落，他毫无保留地告诉了她。

她静静地听着，只叹相见恨晚。后来，他们时常相见，或把酒言欢，或品诗作画，发乎情，止乎礼，哪怕动了情，也未敢承诺。

他们皆是前途未卜之人，一个漂泊官场，一个辗转风尘，何谈未来？何谈结果？故而，心照不宣，绝口不提。

她喜欢唤他的字，百谷，这一唤，便是三十余年。

如今，年华逝去，除了一番深藏于心的深情，他们什么也没有留给彼此。

往事袭来，她提笔写下了《致王百谷书》，信中，她称他为"檀郎"，这是女子对所爱男子的爱称。

遇见他以前，她于秦淮河畔筑室，暂住于此。家中养了几个小丫鬟，以备接待四方来客。她的客人，有风流学士，有裘马少年。她与人吟诗对饮，令多少男子流连忘返，几乎没有一日空闲。

那是她的欢场，新友旧客，穿梭不停。

妆楼上，客人盘桓着，留恋着，他们以此为荣。于是，她又开拓了空地，建造回廊。池馆清疏，花木引蝶，楼台幽静，清扫曲径，宴请嘉宾贵客。那些夜晚，酒绿灯红，烛火灿烂，有轻歌，有舞影，红粉佳人，舞态蹁跹。

当时，也有不少貂冠珠履之流，与她缠缠绵绵，朝朝暮暮，无尽无休，泄泄融融，如胶似漆。只是曲已终，人已散，事过境迁，回想前尘，便如梦幻泡影。

这些纸醉金迷，随着他的到访而结束。

自从"檀郎"来到她的"寒舍"，二人一见倾心，两情欢悦，等到酒阑人散，她送别了所有客人，独留下了他。"此夕爱情，何以逾之"，那一晚的爱，无可复加。

当时，她少负盛名，承蒙公子王孙的赞誉，被推为"六院之冠"，即歌妓中的魁首。羡慕者固然居多，嫉妒者也不乏其人。不料，竟有官场败类、落魄才人，勾结不肖官吏，以索取欠款为借口，强行逮捕恐吓，数次敲诈勒索，掠夺金银五百两。她的积蓄早已掏空，而他们的欲壑还未填满。

幸而王稚登与西台御史是旧交，他亲自请御史从中调解，御史慨然应允，为她解围，使她幸免于难。这番情谊，这番恩德，她一直铭记于心。

那时候，她不知如何报答他，暗自思量，既然檀郎对妾有心，不如，委身于他？

怎知他拒绝了她。他道："我难道是因为想得到你才伸出援手的吗？为人解困，又趁机取利，与恶人有何差别？若古押衙在世，他的匕首难道就不刺进我的胸膛吗？"

古押衙，唐朝小说中的一个人物，曾舍身救人，成人之好，后来，多指侠义之士。

他说了这般蔼然的仁者之言，婉拒了她的心意。郎意良厚，妾心坚定。他的话语，并未改变她的心。

只不过，她之前受到惊吓，一直卧病在床，他回苏州之时，她也未来得及相送。从此一别，不知哪日再会。朝暮思念,梦寐相见,未能相随相伴,终难释怀。回忆从前种种,多少年来,时时入梦中。

这一次,吴公来到金陵,千里迢迢传来了他的话语,得知他饮食起居皆好,她便也心中欢喜。又听闻菊花盛开之秋日,是他的生辰,届时,她定买下楼船,载上歌女,专为一人奔赴苏州,捧着酒杯,为他祝寿。

现在,虽身未登程,心却已依偎在他的左右。相见之日不远了……

信中之言,那样期待重逢,等了那么久,盼了那么久,终于有了一个见面的理由。

这些年,她过得何其痛苦!彼此想见,又不敢见。总怕见了便不舍,便动情,又怕情根深种,最后给不了对方承诺。千怕万怕,这才是成年人的爱情。

理智的爱情,总让人饱受折磨。

九月十五,她来到了他的寿诞。

宴会上,她身着盛装,淡妆多态,歌声一如从前,歌罢仰天叹,四座泪纵横。王稚登目不转睛地望着她,仿佛回到了三十年前,她一袭月白衣衫,似清风缓缓而来。

岁月待她如此温柔,竟没有在她的脸上留下沧桑,她的容貌,还似芳华少女。

他问:"一切可好?"

她答:"一切都好。"

其实,她是抱病赴宴的,胭脂香气掩盖了容颜的憔悴,她饮下一杯又一杯,唱了一曲又一曲,直到天明,直到客散。

许是预感时日无多,她在姑苏留了两个月,想给他所有的温情,尽她所能,尽她余生。返回金陵后,她已是油尽灯枯,临终时,她命人在座椅周围摆满兰花,那一阵阵的幽香,是旧时的回忆,是缠绵的深情。

她在兰香中离世,终年五十七岁。

王稚登为她写下挽诗:歌舞当年第一流,姓名赢得满青楼。多情未了身先死,化作芙蓉也并头。

情未了,而身先死。他知道,她是带着遗憾而走的。这遗

憾，是他们亲手造成的。

这般也好，至少，是遗憾，而不是怨恨。

爱情，倘若知晓没有结果，不如从一开始便保持距离，以另一种角色，活在彼此的人生中，或是知己，或是过客，总之不是恋人。或许会有遗憾，但至少避免了日后的怨怼、纷争、绝望。一切如初见，这是最圆满的故事。

我们共存于天地之间，吹过暖春的风，淋过寒冬的雪，也算走过了无数路程，历经了坎坷劫难，无须耳鬓常厮伴，回眸一笑心已倾。

爱人，我从未说过爱你，但我无数次为你而来，直到永远。

歌尽桃花扇底风

——明代·李香君《在南都后宫私寄侯公子书》

落花无主,妾所深悲。飞絮依人,妾所深耻。自君远赴汴梁,屈指流光,梅开二度矣。日与母氏相依,未下胡梯一步。方冀重来崔护,人面相逢;前度刘郎,天台再到。而乃音乖黄犬,卜残灯畔金钱;信杳青鸾,盼断天边明月。已焉哉!悲莫悲于生别离。妾之处境,亦如李后主所云,终日"以眼泪洗面"而已。

比闻燕京戒严,君后下殿,龙友偶来过访,妾探询音耗,渠惟望北涕零,哽无一语。呜呼!花残月缺,望夫方深化石之嗟;地坼天崩,神州忽抱陆沉之痛。由甲申迄乙酉,此数月中,烽烟蔽日,鼙鼓震空。南都君臣,遭此奇变,意必存包胥哭楚之心,子房复韩之志。卧薪尝胆,敌忾同仇。不谓正位以后,马入阁,阮巡江,虎狼杂进,猫鼠同眠。翻三朝之旧案,党祸重兴;投一网于诸贤,蔓抄殆遍。而妾以却奁凤恨,几蹈飞灾。所幸龙友一力斡旋,方免钦提勘问。然犹逼充乐部,供奉掖庭，奏新声于玉树春风，歌燕子之笺；叶雅调于红牙，夜月谱春灯之曲。嗟嗟！天子无愁，相臣有度。此妄言之而伤心，公子闻之而疾首者也。

虽然，我躬不阅，遑恤其他。睹星河之耿耿，永巷如年；听钟鼓之迟迟，良宵未曙。花真独活，何时再斗芳菲？草是寄生，惟有相依形影。乃有苏髯幼弟，柳老疏宗，同为菊部之俦，共隶梨园之队。哀妾无告，悯妾可怜，愿传红叶之书，慨作黄衫之客。噫！佳人虽属沙吒利，义士今逢古押衙。患难知己，妾真感激涕零矣。

远望中州，神飞左右；未裁素纸，若有千言。及拂红笺，竟无一字；回转柔肠，寸寸欲折。附寄素扇香囊，并玉玦金钿各一。吁！桃花艳褪，血痕岂化胭脂？豆蔻香销，手泽尚含兰麝。妾之志固如玉玦，未卜公子之志能似金钿否也？宏光二月，香君手缄。

李香君，每每读到这个名字，总会想起桃花流水，美人香扇。

明朝天启四年（1624年），朗月清风，人间灯火，苏州阊门枫桥吴宅，传来一阵婴儿的啼哭声，从此，吴家多了一个女儿。新的生命，总让人有所期望，有所爱怜。

可惜，没过多久，吴家老爷因系东林党成员被阉党治罪，家道败落，四处漂泊。那个吴家千金八岁之时，被秦淮名妓李贞收养，遂改吴姓为李姓，习诸艺，品诗书，豆蔻年华便已名满秦淮，深得四方游士追慕。

秦淮河畔，媚香楼，明月映桃花，烛火照佳人，她的歌声引来了"复社四公子"之一侯方域。两人情窦初开，互生爱慕，侯方域以一柄上等的镂花象牙骨白绢面宫扇作为定情之物，送给李香君，并于扇上系着侯家祖传的琥珀扇坠，作诗曰："夹道朱楼一径斜，王孙初御富平车。清溪尽种辛夷树，不数东风桃李花。"

侯方域科考之时，因文章中犯忌而落榜，罪责加身，被逼离开金陵。在桃叶渡，李香君弹唱琵琶曲，与他洒泪而别，她道："公子才名文藻，雅不减中郎；中郎学不补行，今琵琶所传词固妄，然尝昵董卓，不可掩也。公子豪迈不羁，又失意，此去相见未可期，愿终自爱，无忘妾所歌琵琶词也。妾亦不复歌矣！"

他离去后，她不再弹琴，不再唱曲，只等安宁之时，他归来娶她。

无奈天意弄人，她未等来爱人，反而等来了恶人。巡抚田仰垂涎香君已久，愿出三百锾求见一面，后来，他又在奸臣阮大铖的怂恿之下，往媚香楼迎亲，见李香君不应，恼羞成怒，索性派人抢亲，李香君以死相拒绝，撞向栏杆，血溅折扇。

当时，一位画师路过，拾起扇子，添上几笔，就其鲜血画了几株桃花，便有了"血溅桃花扇"的典故。

一场情事，染红了美人香扇，一场国难，倾颓了大明江山。清军入关，燕京失陷，明朝宗室先后于南方建立小朝廷，沿用"大明"国号。

阮大铖摇身一变，成了南明皇朝弘光皇帝的红人，专为皇帝撰写词曲话本。他打着圣谕的幌子，将李香君选为歌女，幽禁于皇宫内院。

层层朱门锁相思，道不尽哀愁，诉不清眷念。

那日，她正练着新曲，只听有人唤了一句："可是李香君？"

她放下琵琶，看向来者，疑惑地问："公子认得我？"

那人道："姑娘，苏髯是我的兄长。"

苏髯，是当年为她教曲的师父，想不到竟能在此遇见故人之亲。这场相逢，让她惊喜交加。他们不算故友，不算知音，却秉烛夜谈，感慨万千。

她聊起了往事，秦淮画舫，桃花香扇，还有那个多年未见的侯郎。

末了，那人道："姑娘，我愿为你传递书信。"

落花无主，她以此为悲。

飞絮依人，她以此为耻。

自君远去汴梁，屈指算算流逝的时光，枝上梅花已经开了两轮。

每日，她与鸨母相依，从未下楼一步，总希望郎君能如重来的崔护，人面桃花，再度相逢，或是像寻仙的刘郎，再到仙山，寻觅爱侣。

但是，从不见黄犬传达音信，她只能在灯下用铜钱占卜吉凶，铜钱都残破了，也不见青鸾送来书信。盼啊盼啊，盼到明月西下。

"悲莫悲于生别离"，悲伤莫过于生别爱人，这句话，唯有经历，才知其苦。此时，她的处境，正像南唐后主李煜所说的，终日以眼泪洗面。

近来，听闻燕京戒严，清军攻陷，君后失位。那些日子，好友杨文骢偶尔来访，她向他询问时局，他只是望着北方，涕零不止，哽咽无语。

花儿凋谢，明月残缺，望夫之人深有化石之叹；大地分裂，苍天崩塌，神州百姓忽遭亡国之痛。从"望夫"写到"百姓"，从"化石"写到"陆沉"，由小及大，她不仅仅在写相思情长，还在写山河故国。

"甲申迄乙酉"，甲申，公元1644年；乙酉，公元1645年，这是整整一年。

从去年到今年，此数月之中，烽烟遮日，战鼓震空。她以为南都君臣遭到这种变故，定有申包胥哭楚之心，张良复韩之志，卧薪尝胆，励精图治，同仇敌忾。没想到，福王登位以后，任马士英为东阁大学士，命阮大铖领兵巡查长江。

忠贤与奸佞同朝为官，那场景，像极了虎狼杂进，猫鼠同

眠。他们推翻了三朝旧案，党祸重兴，诛杀贤臣。

而她，因当年拒收阮大铖财礼的旧怨，差一点儿遭遇灾祸。幸好，得杨文骢全力周旋，才免于被抓捕审问。不过，那些歹人还是逼着她充任皇家乐部之员，供奉后宫，奏新曲于玉树下，迎春风歌《燕子笺》。红牙拍板，音韵优雅，夜月之下，再谱一曲《春灯谜》。

可悲！国难当头，天子无愁，臣子度曲。言之而伤心，闻之而疾首。

如今，她是自身难保，何暇顾及其他？

银河耿耿，何其灿烂，她却身处禁宫，度日如年。耳听钟声迟迟，长夜不见曙光，她多想成为一朵独活之花，保全性命，再去争芳斗艳。但她像极了一棵寄生野草，托身他人，唯有形影相依。

幸而，她遇见了苏髯的幼弟、柳老的远亲，他们同在宫廷乐部，哀她苦楚无告，怜她处境艰难，便慨然作侠士，愿为她传递书信。患难之中遇知己，此情此义，不胜感激。

远望中州，心神早已飞往君侧。未裁素纸之前，若有千言万语，可到了写信之时，竟写不出一个字。柔肠回转，寸寸欲断。

她又准备了一把纸扇、一件香囊，以及玉玦、金钿各一件，随信附寄。

可还记得当年血溅桃花扇？如今，那扇面上的桃花已褪色，斑斑血痕岂能化为胭脂！那豆蔻的芳香已消减，可手心依旧残留着兰麝芬芳。

她的心坚固如玉,不知君心是否如金钿?

这信写于宏光二月,也就是1645年农历二月。从裁纸,到封缄,每一个动作,每一行文字,都是她的思念。

乱世,能寄出一封信已是幸事,又何必奢望一封回信?

不久,清兵南下,金陵城破,宫人们趁夜出逃。李香君沿着熟悉的长街匆匆而行,走过秦淮河,只见黑烟弥漫,走过媚香楼,只见火光冲天。

她无处可去,只能随着难民流离转徙。后来,又是不知经历了多少劫难,她终于见到了侯方域。

久别重逢,锦瑟相拥,你以为这就是结局?错了,渡过情劫,躲过战乱,还要面对世俗的冷眼,家族的审判。侯家知晓了她歌妓的身份,将她赶去了柴草园,二人不得相见。

庭院幽幽,月色朦胧,她手执桃花扇,凝视着那一朵朵桃花。桃之夭夭,灼灼其华,似有痛楚从记忆深处蔓延,她忽然想起一些往事:媚香楼,她的指尖抚过琴弦,抬头,只见书生缓缓走来,念着她写的诗:"瑟瑟西风净远天,江山如画镜中悬。不知何处烟波叟,日出呼儿泛钓船。"

这是何时之事?是初见?是离别?她已记不清,只记得他的笑容,他的语言,似春风,似暖阳,那定是她期盼的一世长安。

冷风已停,寒冬过去了吗?她望向远方,以为等来了第一场春雨,却没想到,等来了最后一场飞雪。

那夜,她含恨长眠。

愿他少识相思路

——明代·柳如是《寄钱牧斋书》

古来才子佳妇,儿女英雄,遇合甚奇,始终不易。如司马相如之遇文君,如红拂之归李靖,心窃慕之。

自悲沦落,堕入平康。每当花晨月夕,侑酒征歌之时,亦不鲜少年郎君,风流学士,绸缪缱绻,无尽无休。但是事过情移,便如梦幻泡影,故觉味同嚼蜡,情似春蚕。年复一年,因服饰之奢靡,食用之耗费,入不敷出,渐渐债负不赀,交游淡薄。故又觉一身躯壳以外,都是为累,几乎欲把八千烦恼丝割去,一意焚,长斋事佛。

自从相公辱临寒家,一见倾心,密谈尽夕。此夕恩情美满,盟誓如山,为有生以来所未有,遂又觉人世尚有此生欢乐。复蒙挥霍万金,始得委身,服伺朝夕。春宵苦短,冬日正长。冰雪情坚,芙蓉帐暖;海棠睡足,松柏耐寒。此中情事,十年如一日。

不意河山变迁,家国多难。相公勤劳国家,日不暇给。奔走北上,跋涉风霜。从此分手,独抱灯昏。妾以为相公富贵已足,功业已高,正好偕隐林泉,以娱晚景。江南春好,柳丝牵舫,湖镜开颜。相公徜徉于此间,亦得乐趣。妾虽不足比文君、红拂之才之美,藉得追陪杖履,学朝云之侍东坡,了此一生,愿斯足矣。

在那样一个安静的夜晚,烛光映雪,她细细数着手中的红豆,指尖流淌着的是沁骨相思。

钱谦益,即钱牧斋走了,做了清朝的礼部侍郎,不知是福还是祸。此时的红豆馆,只剩下柳如是一人。远行的人已穿过千山万水,留下的人却是愁绪彷徨。

有时候,她很怀念从前……

那年,她还是秦淮河畔的名妓,卑微地爱过一个人——陈子龙,被世人讥讽,被正室羞辱,被赶出家门,直到陈子龙于抗清起义中战败而死,这段纠结又复杂的爱情才彻底结束了。有很长一段日子,她彻夜难眠,守着西沉的明月,吹着入夜的晚风,似乎是在等待着什么。烟花之地,难得有如此长情之人。

崇祯十一年(1638年),初冬时节,柳如是客居杭州,是草衣道人的常客。在友人的居所,她邂逅了年过半百的钱牧斋,对他一见如故,顿生仰慕之意,欲将余生许给这个满头白发的男子。

这个男子也未让她失望,他坚定地告诉她:"我会娶你。"

是娶,而不是纳。他宁可遭世人唾骂,也坚持以正妻之礼迎娶柳如是。成婚之日,他始终挽着她的手,笑对流言蜚语。婚后,为她盖了"红豆馆""绛云楼",金屋藏娇,将爱给了她一人。

芬芳孟春,赌书泼茶,轻携纸鸢游于庭院之中。腊月寒冬,煮酒论诗,谈笑于红豆树下。若能如此一生不问世事,便也是极好的,奈何他是心怀天下之人,终究不能长居于此。

大明末年,正是动荡时期,崇祯皇帝自缢,金陵建立了弘光小朝廷,钱牧斋当了南明的礼部尚书。不久,清军南下,柳如是不肯降清,已有了殉国之心。

初夏之夜,二人乘一叶小舟,任其漂荡。月光映着湖水,是清冷,是悲伤。她斟满美酒,一杯递给了钱牧斋,一杯留给了自己,她道:"能与钱君相识相知,此生已足矣,今夜又得与君同死,死而无憾!"

她奋身欲投湖殉国,他却在最后一刻胆怯了,他拦住她,缓缓道:"今夜的水太冷,不能下,不如改日?"

"水冷有何妨?"

"老夫体弱,不堪寒凉。"

之后,钱牧斋又做了一个决定:剃发降清,北上为臣。

一瞬间,她只觉得他十分陌生。他是畏死?还是贪权?她不懂,她真的不懂……

太多的误会,太多的隔阂,让他们渐渐走远。他离家之时,她也不曾送别,只是一个人守在红豆树下,望着满树的落叶，暗暗落泪。

她怨他，又念他。江南的每一砖，每一瓦，都承载着她的回忆。曾经轻舟泛湖，他低头细绘那如黛青山；曾经月下缠绵，他抬手抚过那珠花玉簪；曾经泼墨书卷，他执笔写下那相思万千。

钱牧斋走后，画堂无声，燕雀离亭，一切都失了颜色。她开始想念远方的人。江南容不下他的傲骨，京城可能容下他的灵魂？

她写下了一封信，想问一问，他是否欢喜。

信的内容离不开一个"爱"字。

爱情的开始，离不开人间佳话。她写道："古来才子佳妇，儿女英雄，遇合甚奇，始终不易。"

自古以来，才子佳人，儿女英雄，相逢甚奇，爱情始终不变。比如，司马相如遇卓文君，红拂女奔嫁李靖，这些爱情故事，让她心中羡慕不已。

只可惜，年少时的她，从不敢奢望这种爱情。

她自悲沦落风尘，堕入青楼。那些鲜花盛开的早晨，明月升起的夜晚，劝酒献歌的时候，从不缺少少年郎君、风流学士，缠绵缱绻，无休无止。但是，事过情移，如梦幻泡影，味同嚼蜡。

日复一日，年复一年，终因服饰之奢华，食用之耗费，入不敷出，负债累累，往来的朋友渐渐淡薄。故而，她又觉得，除去身外的欲念，都是累赘。甚至还想剃去三千烦恼丝，一心修行，吃斋念佛。

不过，自从郎君来后，一切就变了。她开始热爱生活，开始相信山盟海誓。密谈尽夕，恩情美满，是她有生以来所没有经历过的，因为他，她又觉得人间尚有欢乐。

他花费万金，帮她脱籍，朝夕相伴，春宵苦短，冬日正长。感情坚凝如冰雪，芙蓉帐暖如春日。美人如海棠般沉睡，君子如松柏般耐寒，此中情事，十年如一日。

没料到，山河变迁，家国多难。他为国事而操劳，日不暇给，奔走北上，跋涉风霜。从此，南北分离，她只得夜夜独守昏暗的灯火……

她认为，如今富贵已足，功业已高，正好一同隐居林泉，欢度晚年。

江南春正好，柳丝牵画舫，湖水如明镜，水纹如开颜，君若徜徉于其中，亦得乐趣。她虽不如卓文君、红拂女的才学和美貌，却可陪伴左右，像朝云随侍苏东坡那般，了此一生。

如此，她的心愿便满足了。

京城，是一座樊笼。

那封信，钱牧斋一直留在身边，读着她的话，仿佛她就在身边。

其实，他早已厌倦了官场的虚伪与冷漠，这里没有鸿鹄梦，也没有柳如是。明月，终是江南的最美。

半年后，他称病辞归。

那日，钱谦益缓缓推开朱红的大门，绕过一扇扇屏风，走

进一处处回廊，打开一本本诗集。这里的一切都未变，只是他真的老了。

半年而已，他竟苍老至此。

"牧斋。"她唤着他的号，望着他的白发，所有的思念都化为了泪水。他这一生，都在为别人奔波，何曾为自己而活？

她劝道："别再走了。"

他答："不走了。"

几经沉浮，如大梦一场，如今，他只想陪着眼前这个女子相守终老。

一年后，钱牧斋又因案件株连，两次入狱，柳如是为救他，全力奔走，斡旋，他曾感慨："恸哭临江无孝子，从行赴难有贤妻。"

前半生，他护她周全，后半生，她守他平安。

康熙三年（1664年）五月二十四日，钱牧斋去世，葬于虞山南麓。钱氏家族乘机夺其家产，柳如是为保钱家产业，以血立下遗嘱，后悬梁自尽。

遗憾的是，她未能与钱牧斋合葬，族人只在虞山脚下立了一座孤坟，石碑上刻着三个字：河东君。这是她的自号。

其实，也并不遗憾。此生能够遇见，相伴走过一段路，成为彼此的光，已是幸事。也许，那段路很长，也许，那段路很短，但我依旧心怀感激，因为，回首之时，这一路，有你，便有意义。

回首处,皆惆怅

——明代·顾眉《致龚芝麓书》

二十六日,由里买舟成行。时已深秋,岸柳已凋,山林俱瘦。一路无可排遣,幸风帆顺利,安抵石头城。惟过燕子矶时,风色稍厉,舟行颇觉震撼。午餐时,不能进食。舟舣秣陵,日已衔山。无何,渔火星星,且听远寺钟声,顿增离绪。计与相公别久,子夜孤舟,昏灯独对,不能成寐,拥衾坐到五更。因思此时,我相公正当待漏朝房。北地风寒,冷冷清清,无人调护,尤怅触万种相思。不知相公斯时,复如何念妾耶?翌辰,即有旧日姊妹至舟相问讯,以酒食佐情叙,相约过河房。不到秦淮已四五年矣,因此勾留二日,始获解缆。

记得濒行时,夫人送至河干,执手顾谓,以其曾受前朝诰命,新朝诰命,让之妾身。在夫人贤德,自属可感;在妾受之,宠实若惊。窃思妾与相公一段绸缪之情,初不为虚荣所系。固亦愿与相公青山红袖,绿野乌巾。画阁宵深,帷灯春浅。浮云富贵，流水年华。秉笏朝天，浑不似画眉之乐耳。舟中无俚，言念及此，聊以解忧。

沿岸河流清浅，舟行濡滞。重阳已过，方抵清江。就菊之期，因之爽约，殊深怅恨。泊舟河漘，即命诸婢检点行李，舍却扁舟，更寻递旅。自是马迹车尘，得得行平沙荒碛间。不惟风霜饱经，即亦困顿甚矣。愈行愈觉北路荒凉，人迹甚少，晓霜寒峭，不堪禁受，因复不敢甚早。每当日上三竿，方命戒途。停宿旅店，亦不待夜。计一日行程，不过只数十里。夜宿荒店，仅有婢媪数人，以不知痛痒之俚言相慰藉。者般孤眠滋味，真是破题儿第一遭也。长途寂寞，犹不知消受到何时。原以为陆行便捷，或不至似舟行沉滞。似此迟缓，使人度日如年。譬如画师作画，十日一水，五日一山。思量到此，亦不禁破闷一笑。且耐到德州，拟复换船北上。

旅次夜不能就枕，灯下见满墙字迹，无非皆是孤客愁人，自舒胸臆之诗词。虽复亦有足讽咏者，然妾此时览之，实更增我凄楚耳。灯下书此，聊以借抒情绪。俟明日先遣龚升赴京，便即派人沿路相迎，借壮行色。天寒夜重，起居珍卫为佳。临颖不尽。

江南，已是秋时。

顾眉独自坐在河畔，天很蓝，云很淡，偶尔袭来的一阵秋风，似要将记忆中的尘埃吹散。

丫鬟笑着跑来，低声道："恭喜夫人，贺喜夫人。"

她问："何喜之有？"

丫鬟道："朝廷下旨，封夫人为诰命！"

"诰命，诰命！"她重复着这两个字，突然冷笑起来，叹道："秦淮河畔的诰命夫人！"

有些事情，是她无法拒绝的，比如突如其来的爱情，红颜祸水的骂名。

她是什么身份？是妾，是歌妓。昔日是秦淮河畔鼎鼎有名的女子，她姓顾，名眉，又名媚，字眉生，号横波。李白有诗"昔日横波目，今作流泪泉"。横波，常用来比拟女子灵动的眼眸。偏她又姓"顾"，名中又带"眉"，那定是生着一双盈盈美目，顾盼生姿，回眸百媚。

她居于秦淮河畔的眉楼，姿容国色，慧通书史，抚节安歌，见者莫不心醉。江南侈靡，宴席之上，人人皆道："座无眉娘不乐。"

虽是绝世妙人，却也只是青楼女子，倚楼卖笑，身份卑贱，终有年老色衰之日，终有遭人厌弃之时。顾眉也不愿一生困于风尘，权衡利弊之后，她选择了任兵部给事中的龚鼎孳，芝麓是他的号。

龚鼎孳是于赴京途中结识顾眉的，见之倾心，将一首首情诗送到她的面前，又是"秦楼应被东风误，未遣罗敷嫁使君"，又是"今生誓作当门柳，睡软妆楼左右"，对她又追又捧，又怜又爱。

这个人不在意她的过去，又将未来负责到底。崇祯十四年（1641年），龚鼎孳给了她一个名分：妾。为了彻底告别过去的身份,她改名换姓为徐善持,乍一听,便是良家女子的名字。她终于回归了正常的生活,像一个寻常女子般操持家务。

可惜,江山动荡,命如浮萍,生死存亡之际,他们又要面临种种选择,是殉国?还是苟活?

李自成攻破京城,龚鼎孳降了。一个月后,吴三桂引清兵入京,他又降了。时人讥笑他是"三朝元老"。

他解释道:"我原欲死,奈小妾不肯何!"

小妾者,所娶秦淮娼顾眉也。是找不到更好的理由了吗?竟要将罪责推到一个宠妾身上?这样的一句话,传遍了天下,顾眉听到之时,又作何感想?

或许,她听后,仅是淡淡一笑,不解释,不辩驳。她出身青楼,早已习惯了冷言冷语,又怎会在意背上"祸水"的骂名?

她知道,他也有自己苦衷。所以,这罪名,她认了,不为其他,只为她爱过的这个男人。

数年后,朝廷诰封,这诰命本应属于龚鼎孳原配夫人童氏,奈何童氏不肯受封,拒绝道:"我两受明封,以后本朝恩典,让顾太太可也。"

童氏是有气节的女子,接受了明朝的册封,自是不肯接受清朝的册封。

于是,"诰命"的身份便给了顾眉。

这叫什么?世人大抵会冷嘲一句:"这叫麻雀变凤凰。"

那些人或是讥讽她,或是羡慕她,或是嫉妒她,却没有一个人问过她:愿不愿意,想不想要?

她能如何呢？她从没有拒绝的权力。倘若拒绝，世人又会骂一句："不识好歹。"

那日，她踏上赴京之路，走过熟悉的土地，迎着陌生的寒风，一腔思绪如乱麻，既复杂，又矛盾。

诰命，是恩赐？还是侮辱？

她想着这个问题，不知用了多少个夜晚，才写下了一封信。

第一段，都是写途中之事，一山一水，一饮一食，全都写进了信中。

二十六日，由故里买舟启程。时节已入深秋，两岸柳树凋谢，山林一片萧疏。一路心绪，无法排遣，幸好风帆顺利，安全抵达了金陵城。

唯有经过燕子矶时，风势稍加猛烈，行船颇觉颠簸，以致午饭时，不能进食。船停在江宁县，日已衔山。过了不久，只见渔火星星点点，只听远处传来钟声，顿感离愁别绪。细细想来，与君分别已久。

子夜，她独自对着灯火，不能睡去，只好拥着被子，坐到五更天。那一刻，她忽然想起，远方的他正在朝房等待上朝。北方严寒，冷冷清清，想到无人照顾他，便触动了她的万种相思之情。

信写到这里，她忍不住问了一句："不知相公斯时，复如何念妾耶？"

相公啊，不知道此时此刻，你又如何思念我呢？

北方飞雪，江南落叶，她多么希望此时共相思。

这一路，她也遇到了故人。

秦淮河畔，旧日的姐妹来到船上寒暄问候，饮酒叙旧，几个人还相约去了秦淮河房，不知不觉，她已有四五年未到秦淮了。

故地重游，自有物是人非之感。因此，她又逗留了两日，才解缆前行。

不知是有意，还是无心，她不再写途中之事，而是笔锋忽转，提到了临行前的一桩事情。

那日，夫人童氏送她到了河畔，握着她的手，对她说："我曾受明朝诰命，清朝的便让之于你。"

她称赞童氏"贤德"，又言自己"宠实若惊"。言外之意，也是在说，她并不愿接受这份恩典。

当年，她与他的一段绸缪之情并不为虚荣，只为相伴。本也愿一同隐居绿野青山，她身着红衣，他头戴乌巾，画阁度长夜，帷灯过春宵。

她又写道："浮云富贵，流水年华。秉笏朝天，浑不似画眉之乐耳。"

富贵本是浮云，年华皆如流水。手执笏板朝见天子，不如闺中画眉之乐。

她这是在劝他远离朝堂，早悟功名。许是怕他觉得厌烦，她仅劝了寥寥几句，便接着写起了沿路之事。

写沿岸清浅的河流，写河中搁浅的小舟，重阳已过，方抵清江。错过了一起观赏菊花的日子,深感遗憾。

后来,他们又从水路改为陆路,马迹车尘,行进于平沙荒滩之间,饱经风霜,疲惫困顿。北上之路越走越荒,人迹稀少。因晓霜寒凉,难以禁受,故不敢上路过早。日上三竿,方命上路,所宿旅店,亦不等天黑。如此,一天的行程不过数十里。

夜晚,宿于野村荒店,只有婢媪数人,以无关痛痒的俚言俗语相互安慰。这般孤眠的滋味,真是破天荒第一遭。长途寂寞,不知要忍受到何时。原以为陆路便捷,或不像水路缓慢,谁知竟更加迟缓,令人度日如年。这一路,像是画师作画,十天才画出一水,五天才画出一山。想到这里,又不禁破闷一笑,想着等到了德州,再换船北上。

旅途中,夜不能就寝,灯火下,只见满墙字迹,无非都是过往孤客愁人之诗词。虽也有值得品读之句,可若是读了,更徒增凄楚。她便于灯下写下此信,借此抒发情绪。

天寒夜重,愿彼此珍重。

若无这封信,世人又将如何议论这位"诰命夫人"?她也曾劝过他,明明白白地告诉他:"固亦愿与相公青山红袖,绿野乌巾。"

她用尽全力,希望余生过得清清白白,却不料,还是染了尘埃。

多年以后,龚鼎孳为她办了一场生辰宴,请召宾客数十百,又召旧日姊妹与宴,李六娘、十娘、王节娘皆在。

珠帘后，顾眉静静地听着戏台上的《王母瑶池宴》，往事悠悠，一幕幕从心中闪过，埋藏在回忆深处的思绪又被拉扯，那思绪，不是欢喜，而是伤痛。

秦淮河畔，风尘佳人，早已忘了几岁入勾栏，流了多少胭脂泪，盼了多少明月夜，才等到了一位良人。

这位良人，视她为珍宝，也推她入流言。她不知该爱他，还是该恨他，只能故作糊涂地陪着他，无论是荣华，还是风雨。久了，她自己也分不清，是爱，还是习惯……

台上戏未停，宾客酒已尽，她含泪饮下一口冰冷的酒，酒入愁肠，像在灼烧着什么。这一生，明明很长，却似已经结束了。

爱到最后，我们早已忘了爱的样子，但我们依旧爱着，爱什么呢？爱你最初的真心，爱你永恒的承诺，爱你无奈的取舍，爱你忠诚的相守。

因为，是你，才爱到了最后。

与君如参商

——清代·黄河清《再致陈圣玗家书》

父生母育,乾坤之德难忘;夫唱妻随,山海之盟已定。惟愿百年偕老,讵云一旦分离。今君浮梗于东吴,俾妾系鲍于西蜀。追妾送君之日,忆君嘱妾之时,近则一岁两周,远则三年五载。岂料人情反复,蹉跎二十余年。

秋雁每传书,传不到君家音信;春莺常唤侣,唤不回妾室姻缘。堂前抛弃翁姑,膝下又无男女。家庭瓦解,囊橐磬空。靠众伯而不能,乏米钱而谁济?一年十二月,月月受饥寒;一月三十朝,朝朝无饱暖。欲去寻旧盟,则山遥路远;欲抱琴别调,则丧节污名;欲悬梁自缢,难免蝇蛄蚋噆;欲赴水投河,必葬江鱼之腹;欲偷生恋死,必近凤只鸾孤。闻雨点,点点生愁;听虫声,声声带泪。床头长流眼泪,枕边滴浸衣襟。久历风霜,身上衣裳破裂。形容枯槁,云鬓转为蓬松;身体倾危,鸾镜变为鲁纯。

君不思蔡邕遗忘箕帚，遗臭万年；宋弘不弃糟糠，流芳百世。乌鸟何义？尚知反哺之恩；虫庶无情，亦晓好合之义。况人为万物之灵，反不若鸟虫乎？昔汉高祖之弃吕后，刘玄德之舍甘糜，实乃争帝图王。赵子龙之抛家口，百里奚之弃贤妇，皆为忠君报国。今君既非争帝图王，抛妻何故？又非忠君报国，弃妾何名？然妾无可弃之由，况君尝有抛之实。昔卓氏淫奔，相如犹感白头之合；莺莺改嫁，张珙犹怀黑发之情。况妾乃明媒正聘，非卓氏之可比；守节存贞，亦非莺莺之可论。君何反正归邪，忘恩负义？视新欢如掌上明珠，弃旧侣若道旁苦李。

　　然下抛贱妾，理固不容；上背双亲，罪更难脱。凡人养子，历苦多年。十月怀胎，分严父之血脉；三年哺乳，食慈母之脂膏。始能行，则喜气欣欣；稍得病，则忧心戚戚。子行而亲不忘，则三回四顾；亲行而子不随，则万唤千呼。及其成长，择师教读，娶妻卜凤。望子成龙，报答亲恩。晨省昏定，视膳问安。君何故弃高堂于故里，葬枯骨于荒丘。水没沙埋，风吹雨洗。独不闻董永卖身葬父，仙姬投世为妻；吴起杀妻离母，五雷做马分尸。天人报答之酬，捷于影响。未有不孝其亲而得孝身之理，未有不葬其亲而得葬身之地。世间岂有不孝亲之子哉？

　　妾闻崖州境地，花锦城池，朝游柳巷，暮宿花街。日复一日，任歌声之悦耳；年过一年，忘好合之初心。劝君舍乐土而回车，忆故园而返驾。上慰黄泉之父母，下乐白屋之妻孥。免双亲为有子之孤魂，免妾为有夫之寡妇。将功赎罪，转妖为祥。倘或钟停漏断，君身便作崖神。假令蒙浪浮生，君悔不辱儋耳。君既而不归，预卜终身无结果。那时摇尾乞怜，已悔过而不及。妾知旷野荒丘，非君葬身之地。江河流水，非君抛骨之滨。书到君家，宜当泪读，指天誓日，要速速返家！

有的人一走就是二十余年。

有的人一等就是沧海桑田。

天边的云散了，初冬的雪融了，鬓间的钗断了，那些欠下的情债，也不知如何还，那些经历的情劫，也不知如何释然。

明月西沉时，她等着，念着……

她爱他，且原谅他，原谅他的自私、冷漠、薄情。她觉得，这就是爱情，是伟大的爱情，故而等了一年又一年。

她姓薛，是陈圣屿之妻。陈圣屿于乾隆十八年（1753年）考中解元，曾在家乡任教，后因得罪权贵，受诬告通缉而出走崖州，二十多年未归。

因何不归？那必是另结秦晋之好。有了新欢，忘了旧爱，又是熟悉得不能再熟悉的老套故事。

不过，这一次，薛氏不是写信之人，她找到了夫君的好友——黄河清。

她恳求道："代我给他写封信吧！"

黄河清握着笔，叹道："有何意义！"

这已经不是她第一次请他代笔写信，之前，写过一封，句句相思，却无回信。黄河清也是男子，男子最了解男子，他不是不愿相助，而是觉得毫无希望。

这世上许多事情，越是期望，越是辜负。

她哽咽着道："再试一次，可好？"

黄清河终是点了点头："你说，我写。"

她静静地说着，他默默地写着，窗外，雪深三尺，谁人知寒？

这信没有你侬我侬的情话，全是一个女子的血与泪。

她提了"父母生育之恩""夫妇山海之盟"，满纸劝诫，字字乞求，试图唤醒那人的最后一丝良知。

她也曾希望夫唱妻随，百年偕老，谁知突然分离，一个如浮萍般漂泊于东吴，一个如瓠瓜般系结于西蜀。

还记得，送别之日，他说："快则一年半载，远则三年五载。"

岂料人心反复无常，一走就是二十余年的光阴。听说秋雁能传书信，却传不来郎君的书信，听说春莺常唤爱侣，却换不回妾身的姻缘。

她孤身一人，堂上无公婆，膝下无子女，家中庭院皆是破瓦碎砖，囊中米袋亦是空虚无物。一年十二月，月月忍受饥寒；一月三十日，日日不饱不暖。她欲揽破镜寻旧盟，可山遥水隔；她欲抚琴弦唱小调，忧名节扫地；她欲投长河了此生，恐葬身鱼腹，尸骨无存；她欲抛白绫悬梁死，怕蝇蛄蚋喡。

那个时代，一个女子活于世间，到底有多难？想寻不能寻，想念不敢念，想死不忍死，生活的贫寒，人情的冷暖，逼得她小心翼翼，沉默不言，才会发出这句感叹："欲偷生恋死，必近凤只鸾孤。"

她承认自己贪生怕死，可活着的她，又难以承受夫妻离散。见窗前雨滴，点点生出忧愁，听虫子鸣叫，声声带着泪珠。这些寻常之事，最是折磨人心，十年不变的痛苦，几人能忍受？

泪水长流，方枕衣襟皆濡湿，久经风霜，身上衣衫成破旧，容颜枯槁，乌黑鬓发如蓬草。身体倾危，鸾镜变为鲁纯。她彻底成了一个妇人，没有梦想，没有欢喜，只有等待。

她提到蔡邕忘妻，遗臭万年，又提到了宋弘不弃糟糠，流芳百世。乌鸦不义，尚且懂得反哺之恩，戾虫无情，亦知晓合欢之好。人，乃是万物之灵，为何连虫鸟都不如呢！

昔日，汉高祖抛弃吕后，刘玄德抛弃甘夫人、糜夫人，是因争帝位谋霸业。赵子龙抛家弃口，百里奚离开妻子，是因护君主报家国。

她忍不住问："今君既非争帝图王，抛妻何故？又非忠君报国，弃妾何名？"

郎君啊，你既无霸业之心，也无报国之志，为何还要弃妻？这是为何呢？你可知，卓文君夜奔，司马相如尚有感于《白头吟》，而归来相聚，崔莺莺已嫁为人妇，张生依旧怀着旧日情分而去相见。

她明媒正娶，不是卓氏可比的，她保守贞洁，更不是莺莺可相提并论的。即便如此，他还是抛弃了正路，走向了邪道，将新欢视为掌上明珠，将妻子看作道旁苦李。

抛弃发妻，已是难以宽容，背离双亲更是难逃罪责。

父母生养儿女，历经多年苦楚，十月怀胎，继承了父亲的血脉，三年哺乳，吸吮了母亲的膏脂。刚刚能走路时，父母喜气洋洋；稍稍有点病痛，父母又忧心忡忡。儿子远行而双亲不能同往，则再三回顾；双亲远行而儿子不能同往，则千呼万唤。又是为子择师，又是为子娶妇，父母只盼儿子成龙，报答恩情，早晚问候，顿食思安。

可他呢？他弃双亲而不顾，将父母的棺材弃于荒郊野岭，受尽风吹雨淋，把父母的尸骨暴露于道旁，任由水浸沙埋。

这样的人，做出了这样的事情，她还想着劝说他，提醒他：董永卖身葬父，有仙姬降世为妻之福，吴起杀妻弃母，有五雷作马分尸之祸。天地报应，捷于影响，未有不孝顺双亲而得后人赡养的，未有不葬双亲而有葬身之地的！

他所去之地，乃是花团锦簇之城，早晚沉醉于花街柳巷，日复一日，听惯了悦耳的笙歌，年复一年，忘却了好合的初心。

劝他舍弃乐土而回车，思念故园而返驾，上慰黄泉双亲，下乐妻子深情，免使双亲有子成为孤魂，妻子有夫而成为寡妇。将功赎罪，转妖为祥。

倘或五更漏尽，晨钟敲响，他便作崖神。若他仍放浪浮生，不归不还，终无结果。那时，摇尾乞怜，悔过已晚。旷野荒丘，并非他的葬身之地，江河流水，亦非他的抛骨之滨。

信的最后，依旧是催促归家："书到君家，宜当泪读，指天誓日，要速速返家。"

崖州，陈圣屿读着那封信，不知是出于愧疚，还是为了保全颜面，他竟整夜未眠，一个人便是没有爱情，也有亲情，便是没有亲情，也有自尊。

薛氏的第一封信，写的全是相思愁怨，又言"一双鸿雁，情遍江山"，又道"浮生若梦，为欢几何"，情太重，而恨太少。可是，这第二封信，却是字字不提情，只提仁义道德，忠孝礼节。

他知道，若还是不归，势必遭万人唾骂。

不日，他乘舟归乡，途中忽遇风雨，山洪暴发，不幸溺死于滔滔江水中。

这是报应吧！有时候，应该相信因果报应。

可对于薛氏来说，这不是报应，而是丧讯。她听到以后，一定是崩溃，一定是悲恸。

她想的是，苦等二十余年，等了一场空。

薛氏是真正的善良之人。善良，意味着可欺。这不是她的过错，而是时代的悲剧。在封建社会，女子从呱呱坠地的那一刻起，就被当成"别人的妻子"而养育，她们是卑微的，是软弱的，只能把婚姻当作希望，把爱情当作支柱，把夫君当作归宿，把孩子当作依靠。她们相信白头到老，她们坚持从一而终，因为她们没有选择，她们的天地都裹进了三寸金莲里。

窗外，已是春风桃李，她的人生很长，也很短。

这人生，一眼就望见了尽头。

君能一度否

——清代·云仙《致状元顾晴芬书》

筑庵在云栖烟霞之间,一琴一瓢,一炉一钵,亦啸亦咏。春来名花解语,好鸟弄晴;夏时清风徐来,荷香清暑;秋月明辉,蟾华皎洁;冬日可爱,岭秀孤松。有时引鹤于孤山断桥之畔,凭眺晚晴;亦有时泛舟于柳浪花港之中,徜徉美景。怡然自乐,悠悠忘机。

不期潘岳投闲,携琴湖上,顿使妙常感遇,惊燕帘间。撒帐夜寒,帷灯春暖,人生至此,不负青春。别来经岁经年,伤情伤意。李易安词"帘卷西风,人比黄花瘦"一语,可为我写照。以寄左右,君闻之,当不知并何感触也。

君廷试以第一人入选,闻之雀跃三百。从来才人,均须经过此一日。此日志高意得可知,然不知经多少日之锻炼而成,始不负此日之举。方外人闻之,均为之色喜。要亦有一段情缘在,情缘一结,索解殊难。我非大彻大悟人,于此中三昧,放得过,忍不过。近来只觉意马心猿,羁勒不住。日在清静道场中,夜永如年,颠倒梦想,不能自已。

《经》云:"照见五蕴皆空。"我说:"五蕴皆空,即非五蕴皆空。"作如是观,何住应云耶?此吾堕落苦厄障中,君能一度否?

云栖烟霞之间,一庵如寄,怎禁得风雨飘摇?同是天涯沦落人,青衫泪湿君怀袖。蒲团枯寂,垆香琴韵,非复旧时。春秋佳日,啸咏情怀。质之金马玉堂人:"当如何发付我也?"

江南,落花零落尘土,浮云行过深秋,一切如旧,一切如空。

女子一袭道袍,走过山林,踏过草木,望着渡口停泊的小舟,问道:"可有京中归来的客人?"

船夫摇摇头:"未见。"

她安静地站在河畔,等了许久,直到日落西山,直到渔舟唱晚,她才失落地离去。

天边传来一声悲鸣,是离群的孤雁独自飞往黄昏。

又是一个可怜的女子,又是一段悲伤的故事。

云栖寺和烟霞洞之间有一座小庵,庵内住着一名女子,名为云仙,是带发修行的女道士。

人们不知她从何处而来,也不知她为何修行,只知她俗姓陆,生于钟鸣鼎食之家、翰墨诗书之族,某一日,来到此地,修筑了这座清修之所。

她是谪仙般的人物，清越脱俗，才情高超，恰如她的名字——云仙。云中之仙，不染纤尘。她居于山水之间，不问红尘俗事，只修清净之心。

如果他不曾出现，那么，她也不会深陷苦海。

他，乱了她的心神，毁了她的修行，从此杳无音信。听闻他进京赶考，已高中状元，授翰林院修撰。公子春风得意之时，可会忆起余杭故人？

小庵中，女子轻声哼唱着："青青子衿，悠悠我心。纵我不往，子宁不嗣音？"

奴家不往，公子无音。

云仙不愿再空等下去，便寄去了这封信。

她先写了遇见他之前的时光。那段日子，一琴一瓢，一炉一钵，又是啸歌，又是咏诗。春时，有名花领悟话语，有燕雀翱翔晴空；夏时，有清风徐徐袭来，有荷花淡淡飘香；秋时，有明月洒下光辉，有蟾宫分外皎洁；冬时，有暖阳照耀人间，有孤松挺立山岭。

一个人无拘无束，有时引白鹤到孤山断桥之畔，有时凭栏远眺晚晴之美，有时也泛舟荡漾于柳浪花港之中。她用了八个字形容她的生活："怡然自乐，悠悠忘机。"

忘机，是道家语，意为消除机巧之心，甘于淡泊，与世无争。本是红尘之外的逍遥客，却遇到了红尘之中的风流人，他们的相遇，如花般绚烂，似梦般朦胧。

没有他时，她过得很好，遇见他后，她过得更好。这青山绿水，终于有人陪她游走，这明月星河，终于有人伴她遥望。

那日,一位貌比潘安的男子乘舟而来,携琴湖上,顿时让她动了凡心,她如当年的陈妙常般感受到了知遇,又如帘间燕子般惊慌失措。

陈妙常,是南宋时期的奇女子,生于官宦之家,因体弱多病,被父母送入空门,削发为尼,后结识书生潘必正,二人日久生情,不顾世俗礼教,于空门私会,并结为连理。

她们有相似的经历,会不会也有相同的结局?

爱,让人有了期盼,让人有了幻想。

这般不食人间烟火的女子,一旦沾染了俗气,便是跌落孤独,万劫不复。

初尝情果,那般小心翼翼,那般贪恋温暖。在冷夜放下帷帐,在暖春围灯长谈,人生至此,便也不负青春。

正当女子贪欢之时,他却残忍地留下一句"保重",转身走向远方。"别来经岁经年",分别以后,经年又经年,究竟多少年?她已不记得,只记得一生的情伤。

偶然间,她读到李清照的《醉花阴》,词云:"帘卷西

风,人比黄花瘦。"

她望着被秋风吹起的帘儿,又凝视着镜中憔悴的自己,李易安词中之语,正是她此时此刻的写照。如今,以寄顾郎,君闻之,又会有何感触?

听说他乃是廷试第一名,新科状元,她的心中不知多么欢喜雀跃。从古至今,凡是高才之人,都必须经过这一关,然而,只有她知道,为了这一日,他付出了多少艰辛。

她这个出世之人闻知此事,也不禁欢喜。只因他们有一段情缘存在。情缘一结,解脱便难。她并非大彻大悟之人,此中"三昧",放得过,却忍不过。

三昧,是佛教用语,指止息杂念,使心神平静的修行方式。修行之人,一旦有了杂念,便永无宁日。

近来,她只觉得心猿意马,羁勒不住。每日在清静的道场中,觉得夜长如年,颠倒梦想,不能自已。众生的贪嗔痴源于颠倒梦想,颠倒者,真假不明,迷真认妄。

青灯之旁,她念着《般若波罗蜜多心经》:"照见五蕴皆空。"

五蕴,指色、受、想、行、识。她读着经文,心中却想:"五蕴皆空,即是五蕴都不空。"

她入魔了!若按照这个观点,如何压抑欲念呢?如何放下前尘?这是一个女子的相思,有喧嚣时的麻木,有无人时的寂寞。无论是现实,还是梦境,她始终是行走在悬崖的孤独者,一不小心,便会坠入爱情的囹圄。

"照见五蕴皆空"的下一句是"度一切苦厄"。她的苦厄,如何能度?谁人能度?她自知堕落在业障之中,便道:"君能一度否?"

郎君啊!可能度一度我?

她的爱情,她的执着,她的记忆,全部都成了她的痛苦。

她居于小庵中,怎禁得住风雨飘摇!既然同是天涯沦落人,想必他也会为她泪湿青衫。

枯坐蒲团,香炉袅袅,琴韵依旧,只是再也没有旧时的温馨。

春秋佳日,她写下这些文字,只是为了最后问一句:"金马玉堂的你,要如何发落独守空门的我?"

那京城的风不会吹至江南,那远去的人不会记起等待的人。

这故事没有结局,也没有人间佳话。

他不过是她修行路上的一个过客,就像风吹过竹叶,就像雨滑过屋檐,就像星掠过夜空……

那感情很复杂,说不上是思念,还是怨恨。总有不甘和愤懑,想要发泄,想要执着。她知道,本不该困于深渊之中,可她又害怕,脱离了深渊,便从此消失于他的世界。

以情悟道,何尝不是一种修行?经此一劫,她已然不似当初的自己。那些难忘的,那些痛苦的,皆是修行。

终有一日,她会顿悟,会过回从前的日子,一琴一瓢,一炉一钵,没有热烈的期待,没有执着的相爱,心如止水,不见波澜。

没有爱情,也是一种生活。

薄命烟花情何堪

——清代·杨氏《与某书》

  薄命妾杨四,含泪拜叩贵人阁下:窃妾以风尘贱质,貌乏倾城,谬蒙不弃采荇,得荐枕席。武昌三楒,挚谊千重。酌酒则银烛再更,谈心则晨鸡叠唱。锦枕芙蓉,终宵并蒂;绣衾鸳凤,每夜双飞。而且谂青楼之误堕,代为拊膺;怜苦海之无边,每思援手。妾也何人,知遇得此。铭心刻骨,没齿难忘。兹以公冗鲜暇,即日登程。不别恐牵衣之惨,留书表钟爱之深。闻信心酸,捧笺泪落。前此襟江上下,旋旆犹日有期。今者莲幕攸栖,握手占于何日!江风浩浩,江水汤汤。白云渺渺,野树茫茫。日月含愁,川原凝怨,心非草木,情何以堪!至垂问南归之事,尤为肠断。

  忆妾家本清白,误适匪流,被诱来斯,遂尔卖笑,含羞冒耻,气阻神伤。兼以命薄如蚕,囊空如洗,而孽夫不谅,犹负气反目,逼我言归。顾路柳花墙,乡里鄙焉。败节之妇,尚有面目，对邗江姊妹乎！辗转熟思，原不难以白绫半幅，了我残生。奈七旬老母，五岁弱童，一死俱死，一存皆存，计惟假作欢颜，同登归轴。俟里门相近，跃入中流，鱼鳖为棺，蛟龙为椁。润城之万顷千波，贱妾之一抔三尺。嗟乎痛哉！生为薄命之人，死为啣怨之鬼。长与贵人生死辞矣。惟是知己未酬，此灵不泯。他日锦帆南下，扬子江头，倘犹念武昌城北，交颈情深，为大呼曰："杨四阴魂，随我归去！"当有旋风一缕，起于舟前，依君怀而不散者，此即妾之灵也。此正妾所盼也。呜呼！纸短情长，神驰心碎。伏望诸惟珍摄，善保金躯，薄命烟花，勿以为念。

暮色苍茫，江水千波，女子静静地站在客舟之上，手中紧握着那封绝笔信，目光悲凉，含着赴死的绝望。

她轻叹着："薄命烟花。"

生与死，一念之间，人间还有何牵挂？唯有一人而已。

倘若有缘，那个人也许会看到这封信，他会落下一滴泪吗？为了她这般的人，为了那三日的恩爱。

她这一生，太难……

那信中的文字，便是她一生的苦难。

信中，她称他为"贵人"，如此礼貌，如此卑微。一如初见之时，秦楼楚馆，他是达官贵客，她是风尘之女。她站在人群中，姿色平庸，貌乏倾城，他还是选中了她，得以缱绻于枕席之间。

武昌三夜，情深义重，此生难忘。她记得在一起的点点滴滴，酌酒数十杯，银烛再更换，那夜，他们相谈甚欢，直到晨鸡鸣叫，才知天色破晓。

　　这短短的三日，抵得上一辈子。他们像什么呢？像"锦枕芙蓉"，锦枕上的荷花，并蒂盛开；又像"绣衾鸳凤"，绣被上的鸳凤，比翼双飞。那一瞬间，她有一种错觉，这并非露水情缘，而是一世之欢。

　　可惜，他不是她的夫君。

　　她告诉他："我曾有一位夫君。"

　　他问："此人如何？"

　　她想了想，带着恨意说了四个字："禽兽不如。"

　　于是，她讲述起那段不为人知的往事：她本是清白人家的女子，知书达理，桃李年华，错嫁匪徒之辈，被诱骗到此地，入城的第一天，便被夫君卖入青楼，从此，卖笑为生。这些年，她含忍羞愧，强忍耻辱，早已气阻神伤，命薄如蝉，囊空如洗。

　　绝望之时，她遇见了这位贵人。她知道，他和别人不一样。当他得知她的经历后，他会拊膺长叹，怜惜她遭遇的深重苦难，欲伸出援手。

　　她从未想过，会有人相信她的话，会有人愿意帮助她。她这般跌落淤泥的人，无依无靠，漂泊红尘，本该于浑浑噩噩之中度过余生，谁曾想，竟能得到他的救赎。无论是出于爱情，还是出于同情，这份情，令人铭心刻骨，没齿难忘。

　　他因公务繁忙，即日便要启程。离去之时，没有告别，恐牵衣不舍，恐执手泪眼，他只留下了一封书信，信中全是钟爱之意。

是爱情，不是同情。她读着那封书信，满心酸楚，不知落下了多少泪水。

烟花柳巷，女子依旧迎来送往，等待着，煎熬着，期望着，她坚信，那个人能救她于水火之中。她已不记得自己等了多久，庭前的桃花已落，青松已枯，红颜也渐渐老去。

此前，他于江上，还说着"后会有期"。

可如今，他供职幕府，再见又是何年何月？

江水浩荡，白云渺渺，野树茫茫，望着日月，日月也含着忧伤，踏过川原，川原也结着愁怨。人心非草木，情何以堪！

她终究是等不到他了。

那位害人不浅的夫君又来寻她了，负气反目，逼她归乡。

可是，她如何归家？她已是路柳墙花，败节之妇，必遭乡里鄙夷，何来颜面去见昔日的姊妹？那些日子，辗转难眠，曾想以一条白绫，了此残生，无奈家中有七旬老母，五岁稚童，

一死俱死，一存俱存。

她该如何抉择？命运将她逼至绝境，她已没有活下去的勇气。那个时代，那样的人，活着便是折磨。至于那位贵人，她也不愿再等下去，不愿再等一段迟迟没有结果的爱，怕等来空欢喜，怕等到南柯梦。

一个碧空万里的日子，她佯装着高兴的样子，跟随夫君一同登上归家的船，茫茫江水之上，她已为自己找到了结局："俟里门相近，跃入中流，鱼鳖为棺，蛟龙为椁。润城之万顷千波，贱妾之一抔三尺。"

等到将近家乡之时，她会跳入河中，鱼鳖之腹便是她的棺，蛟龙之腹便是她的椁。这润城的万顷波涛，是埋葬她的坟墓，亦是杀死她的刀剑。

是世道容不下她，是旧情留不住她。她站在船尾，尚有遗憾，这遗憾便是活着是薄命之人，死后是含怨之鬼，与他一生一死，永远分隔。

也许，心中仍有梦，她写下了最后的不甘："惟是知己未酬，此灵不泯。"

知己未酬，灵魂不灭。若他日贵人乘舟南下，到了扬子江头，还怀念着武昌城北三日深情，便为她呼唤："杨四阴魂，随我归去！"

如果恰好有一缕旋风吹过，环绕在他的怀中，久久不散，那便是她的灵魂。化成清风，伴他身侧，这就是她所盼望之事。

纸短情长，书不尽相思。

她道:"贵人啊,望你保重千金贵体,妾命薄如烟花,不必再念了。"

那三日,成了她一生最美的时光,他一声声唤着她"杨四",似暖阳,似甘露。从此,她的心里有了光,可是,这唯一的光又在漫长的等待中,慢慢消散。

她已经不在人世了吧!那冰冷的河水吞噬了她的身体,那残忍的命运撕扯着她的灵魂,月色皎洁,波光明净,她孤独地结束了这脆弱又敏感的人生。无人知晓,无人过问,夜太深,灯太暗,船夫只听见沉重的落水声,回身之时,已不见女子的身影。

这一生,除了那封书信,她什么也没有留下。

至于那封信,无姓名,无落款,是一封永远也无法寄出的信。她如此卑微,甚至都不敢提及他的姓名。

如果那位贵人还记得她,是惋惜?还是内疚?又或是,他早已忘记了她?

芳魂一缕,谁人牵挂?

贵人啊,那是她的贵人啊!可是,这位贵人,除却三日欢好,什么也没有留给她。而她,直到生命的最后,还盼着,他能记得她,能唤回她的灵魂。

她如此相信他,或许,是因为仍对人间存有一丝希望。人生不易,哪怕有一束光照进来,也想牢牢抓住。今生得不到,便求来世,这是封建时代最大的希冀,也是最大的悲哀。

可是,他们怕不怕,这一世,便是上一世所说的来世?

曾照彩云归

——清代·彩云《与凌郎》

把玩诗画,逸致遥情。诗中有画,画里传诗,令人寻味不尽。先生真摩诘虎头矣!

妾苦薄命,人远天涯,不得追陪巾栉,时一焚香,一煮茗,常侍于风流才子之侧。辗转愁思,惟有对菱花而太息,倚朱栏而神注耳。

手帕一方,漫云琼报,亦谓鲛绡拭目,奉君见之,点点皆妾泪痕也;《春闺》二首,惭非苏女回文,惟情见乎词,知峡上哀猿,夜半声楚,当不忍以章台柳膜外视之矣。短笺莫诉,长漏为仇。书来应郑重,莫作等闲看。

彩云,有词云:"当时明月在,曾照彩云归。"只可惜,世人皆知彩云易散。

她的名字,既有诗词的浪漫,也有现实的悲哀。一个名字，一个青楼女子的名字，何人会去在乎其中的含义？酒客们一声声唤着，只当是唤来一只乖巧的金丝雀。

她身着彩衣而来，又沾着酒气而去，在喧嚣中堕落，在尘世中苟活。

这样的人，会有爱情吗？

这样的人，将爱藏在骨子里，只等夜深得彻底，只等泪流得干净，才轻轻拿起旧笔，写下一行行思念。

"与凌郎"，她唤爱人"凌郎"。

记忆中，他时常把玩诗画，颇有闲情逸致。他写的诗，也是诗中有画，画中有诗，令人回味无穷。她称赞他是："真摩诘虎头矣！"

摩诘，唐代诗人王维，苏轼曾言："味摩诘之诗，诗中有画；观摩诘之画，画中有诗。"虎头，晋代画家顾恺之的小字，其人以善画闻名。此处是指凌郎的诗画如王维、顾恺之再世。

他如此出众，而她却是薄命之人。两个不同世界的人，注定走不到一起。

二人相隔天涯，她不能跟随陪伴，更不能时时焚香、煮茶，无缘常侍风流才子之旁，令她辗转难寝，愁思万千。她只能对着菱花镜，长长叹息，倚着朱栏，心驰神往。

她准备了手帕一方，只因这手帕擦拭过她的眼泪，君若见之，应知上面点点滴滴皆是相思泪痕。她又写了《春闺》二首，惭愧的是才华有限，不如苏蕙的回文诗，唯有真情见于词中。

她只想让他知道，她如三峡哀猿，夜半之时，声声苦楚。如此，他便不忍将她当作章台柳般漠然视之。此处，她提到了"章台柳"，虽出身青楼，却绝非任人攀折之柳。

短笺诉不尽衷肠，长夜望不到天亮。只愿他收到信后，可郑重对待，莫作寻常之物看之。

她的信如此真挚，又如此小心，似乎害怕什么，许是害怕人性凉薄，从此断了音讯。

从信中可见，凌郎应是风流公子，腹有诗书，妙手丹青，遇见她，绝对不是偶然。那个时代，文人狎妓本就是寻常之事。

青楼相遇，不过是逢场作戏，何来真心？谁料几日温情，偏偏让她动了真心，爱上了一个不该爱上的人。那时候，一个烹茶，一个作诗，情浓之时，又是数不尽的甜言蜜语，她如何能不爱呢？之后，他潇潇洒洒地别离，她日日夜夜地思念……

他走了，像是不曾来过。

也许他已经有了新欢，耳畔厮磨，夜夜笙歌，将曾经说给旧爱的情话，说给另一个女子听，那女子听了，便信了，依偎在他怀中，柔声道："心如磐石无转移。"

谁还记得彩云呢？

那座旧城，独留她一个人念念不忘。

念旧，究竟是好事还是坏事？她沉浸于那段感情，越是思念，越是难放下，越是难放下，越是思念，如此循环反复，便生了愁怨。并非回忆不肯放过她，而是她不肯放过自己。

其实，人活于世，尚有许多事可行，何必困于爱情。前方有明月，有星辰，若她愿意，亦可举杯邀明月，独品万古愁。本可以青衣白马走人间，何必蝇营狗苟度穷年？

淡墨绘浮生

——清代·董琬贞《寄汤贻汾书》

自君之出,几历星霜。紫燕伯劳,分飞两地。"岂无膏沐,谁适为容?"虽有弱女慰情,争似齐眉举案?天寒日暮,倚伫抚松,寂寂无可排遣。有时寄兴,写梅数帧,天地心孤,亦复谁能省得?

夫子浙西远官,敦诗说礼,幸值承平。然训练士卒,骑射劳形。纵春夏读书,秋冬射猎,亦足以骋其壮怀。惟君以累代书香,只因先人殉国家之难,袭此武职,遂令抛弃笔砚,从事执干戈以卫社稷。《诗》云"伯也执殳,为王前驱",夫子之谓也;又云"自伯之东,首如飞蓬",琬贞之谓也。诗言其志,亦言其情。情之所至,志为之坚。君有其志,妾有其情。有时志为情移,情为志转。君为志而移其情耶?抑为情而转其志耶?夫志在功名富贵,则其志渝;志在流水高山,则其志笃。君渝其志而转其情欤?抑移其情而笃其志欤?

孟浩然有南山归卧之诗，孔稚珪有北山招隐之文。山南山北，即君与妾鸿光唱随之地也。况钟阜云深，蒋岩林密，泉清泉浊，可以栖迟，何必向软红尘里求生活哉？转使容膝庐虚，画眉阁冷。李白所谓"人生若梦，为欢几何"，此言及时行乐也。陶潜有云："三径就荒，松菊犹存。"此言今是昨非也。君何惜一官而不赋归去来今，自甘心为形役乎？归与！归与！陌上花开，可以缓缓归矣。

雪中寒梅，红的红，白的白，红的似唇上胭脂，白的似鬓间银发。

女子提起画笔，绘了冰姿，染了墨香，可惜，这样的雪景，无人共赏。今夜雪，梅花瘦，似卿愁。这愁，不是怨恨，而是相思。

红尘千丈，芸芸众生，总有一种爱情，是单纯的，是温暖的，是永恒的，不随岁月而褪色，不因离别而淡漠。

董琬贞，她的一生是幸福的。

我想，这必是苍天的馈赠，让她生于书香世家，又嫁谦谦君子，至少，情路未曾坎坷，婚姻未遭背叛。

那年，董琬贞正是桃李年华，工诗文，善绘画。她的笔下是千里江山，明月古道，草木花鸟。

绘画，她从未遇到过对手。直到父亲拿着一幅《寒梅》，问："你觉得此画如何？"

她端详着那幅画，一笔一墨，极为细腻，黑色的，留白的，浓的，淡的，堪称佳作。她不禁问："这是何人所绘？"

父亲淡笑道："你的夫君，汤贻汾。"

董琬贞以为这只是一句玩笑话，谁知第二次，她便见到了那个人。

她未来的夫君，是如清风般的君子，言谈不俗，谦和有礼，明明是武官，却透着文人的儒雅。一个是书香闺秀，一个是朱门才子，既无旧情，也无杂念，从未如此般配。

成婚以后，二人或是楼中赏雪，或是漫步梅林。她回眸的浅笑，化为了他绕指的柔情。他凭栏抚琴，曲声入飞雪，更添一丝清寒；她执笔画梅，淡墨晕素纸，绘尽梅花风姿。那朵朵白梅犹如夫妻二人的感情，一片冰心，一往情深。

汤贻汾提笔写道："冷冷瘦玉纤纤指，深深绣幕悠悠思。画了眉山，烧残心字，百花头上春先至。江南本是春人地，高楼早筑香云里。冰雪聪明，漆胶情意，长共梅花媚。"

她心中感叹着：如此柔美的诗句不像出自武官之手。

武官！她忽然意识到了什么，会不会有一日，他也要投身战场？她不愿……

婚后不久，汤贻汾被远调九江为官，新婚夫妇要经历一段小小的离别。

董琬贞思夫心切，遥想楼中旧事，铺开画卷，再次提笔，画了一枝寒梅，并在画上题了一首《卜算子》词："折得岭头梅，忆著江南雪。君到江南雪一鞭，可是梅时节。画了一枝成，没个人评说。抵得家书寄与看，瘦似人今日。"

曾经，两人楼中画梅，互相评说不足之处，斗嘴吵闹何尝不是一种闺房之乐呢？如今，她的画没人评说，只能以画寄情。寒梅的坚贞高洁，犹如自己对爱情的忠贞，画中有词，词中有思，相思难言也难掩。

后来，他又远调复职，董琬贞不忍离别，便写下一封书信。

"自君之出，几历星霜"，自他离家在外，不知经历了多少岁月，夫妻像极了分飞两地的紫燕、伯劳。

哪里是没有脂粉，只是不知为谁梳妆。虽有幼女慰藉情怀，怎比得上夫妻举案齐眉之情？

天寒日落之时，她倚着松树，抚摸着松枝，心中寂寞无可排遣。有时，画上几幅梅花，天地间，那颗孤寂的心，又有谁能理解？

君往浙西为官，虽逢天下太平，却依旧日夜训练，劳顿身心。春夏可读书，秋冬可射猎，足以壮志。他家乃是累世书香，当年，只因父亲为国殉难，他才得以承袭武职，抛弃笔墨，手执干戈，以卫社稷。

《诗》云："伯也执殳，为王前驱。"这句说的正是他。

又云："自伯之东，首如飞蓬。"这句说的正是她。

一个手握殳杖，为王征战，一个独守故园，发如飞蓬。

诗可言志，亦可言情。情之所至，志亦坚定。

他有他的志向，她有她的深情，有时，志向可随着感情改变，感情也会被志向转移。那么，到底谁为谁而改变呢？是君为志而移情？还是为情而转志？若志向在于功名富贵，那么这种志向应改,若志向在于高山流水,那么这种志向应坚持。

她又反复地问:"君渝其志而转其情欤?抑移其情而笃其志欤?"

到底该怎么选择?其实,这个问题,已经从情感转为了个人,是要立业还是要守家?是选功名还是选她?这应该是一个千古难题。男子有男子的志向,女子有女子的不舍,无关对错,却关乎余生。

她想要的无非是远离官场,远遁山林。毕竟她不愿所爱之人身处险境,更不愿有朝一日,他如他父亲般……

归隐,有归隐的欢喜。

孟浩然曾作《京还赠张维》:"拂衣何处去?高枕南山南。欲徇五斗禄,其如七不堪。早朝非晚起,束带异抽簪。因向智者说,游鱼思旧潭。"

孔稚珪曾作《北山移文》,痛斥假隐士,其中有句:"夫以耿介拔俗之标,萧洒出尘之想,度白雪以方洁,干青云而直上,吾方知之矣。若其亭亭物表,皎皎霞外,芥千金而不眄,屣万乘其如脱,闻凤吹于洛浦,值薪歌于延濑,固亦有焉。"

山南山北,便是君与妾的唱随之地。钟山云深林密,泉水清浊,可以栖身,何必在红尘中苦苦求生活?君不见,茅庐空虚,楼阁冷落。

李白有云:"人生若梦,为欢几何?"

人生如梦,什么是真?什么是假?欢乐又有多少?你我本该及时行乐,而不是去追寻缥缈的仕途。

陶潜有云:"三径就荒,松菊犹存。"

此言是说，世情无常，今是昨非。谁又料到明日是福是祸？与其等到物是人非之时，不如归去来兮。

郎君啊，为何不能如陶公般洒脱，反而甘心为功名束缚？

归与！归与！陌上花开，可以缓缓归矣。

归来吧，归来吧，田间小路的花儿已经盛开，缓缓归来吧！

他果然归来了！

归来时一切未变，寒梅覆雪，画楼弄琴，佳人依旧待君归。

那时，他已升温州镇副总兵，从二品的官职，他称病未赴任，与夫人一同住进了琴隐园。

这是为她建造的琴隐园。建园之时，汤贻汾想到日后夫妻二人必然会吟诗作对，操琴论画。他便将田园之景、山川之貌全都移至园中。入了此园，可享百姓劳作之乐，亦可知南山种菊之趣。

日暮时，他与董琬贞一同走遍园中每处角落，点亮长廊上每盏灯笼。他轻声对她说："隐园琴侣，贞不绝俗。"

又是一年寒冬，那夜大雪飘飞，他将妻子、孩子带到画梅楼，围炉煮茶，共话家常，偷得浮生半日闲。

岁月让彼此的面颊都布满皱纹，董琬贞不再是倾国倾城的佳人，汤贻汾也不再是英姿勃发的将军。此时，他们只是一对恩爱的老夫妻，牵挂着孩子们的前途，担忧着彼此的身体。

蓦然之间，已经相濡以沫数十年。画性宜静，诗性宜孤，诗与画合，方能生起不休的情愫。宜室宜家有何难？执子之手，与子偕老，一生足矣。

一生一世，原只在一笔一墨之间。